DIE BRAUT AUS ZWEITER HAND

NANCY WARREN

EINFÜHRUNG

Stellen Sie sich vor, Sie stehen kurz davor, in dem schönsten Designer-Brautkleid zu heiraten, das Sie je gesehen haben. Aber Sie sind dabei, den falschen Mann zu heiraten. Was, wenn das Brautkleid mehr ist, als es zu sein scheint? Was, wenn es Sie zu Ihrer wahren Liebe führen könnte? Wenn Sie sich beim Lesen gern verlieben und mit den Hauptfiguren lachen, dann werden Ihnen die Geschichten der Bräute gefallen, die „Das verwunschene Brautkleid" tragen sollen, jedoch herausfinden, dass der Weg zum beständigen Glück oft holprig sein kann. Aber mit Hilfe des verzauberten Brautkleides kann alles passieren, und oft passiert es tatsächlich ...

Das verwunschene Brautkleid: Eine Serie aus fünf romantischen Komödien über Frauen, die auf der Suche nach dem richtigen Kleid, den dazu passenden Schuhen und dem perfekten Mann sind.

KAPITEL 1

*A*shley Carnarvon war gerade dabei, eine einzelne schwarze Socke unter Eric Van Hoffendams Bett hervorzuholen, als er ihr einen Heiratsantrag machte. Was in Anbetracht ihrer Position – Hüften in der Luft und Füße gegen die Wand gestemmt, damit sie die lästige Socke erreichen konnte – bedeutete, dass er eigentlich ihrem Hintern einen Antrag machte.

Tatsächlich hörte sich das Meiste von dem, was er gesagt hatte, an wie die Stimme eines Radiosprechers, die aus einem anderen Zimmer kam. Er klopfte ihr leicht auf den Teil von ihr, der sich in seinem Blickfeld befand, und sie kam unter dem Bett hervor, die Socke fest in der Hand, um zu fragen: „Was hast du gesagt?"

Er lehnte sich gegen das Kopfteil des Betts zurück; seine blonden Haare vom Schlaf zerzaust. Er war ein überaus gutaussehender Kerl. An seinen besten Tagen sah er aus wie Ryan Gosling. Nicht der Ryan, der im Smoking zur Oscarverleihung geht, sondern der struppige Ryan, der immer so aussah, als wäre er entweder gerade aus dem Bett gestiegen oder würde darüber

1

nachdenken, ins Bett zu gehen. Eric trug einen Bart, hauptsächlich, weil er zu faul war um sich zu rasieren, wie sie vermutete. Tatsächlich war Eric bei allen Dingen eher bequem. In einer Familie von wohlhabenden erfolgreichen Strebern, die die Kennedys wie eine Gruppe von Dilettanten aussehen ließ, senkte er den Durchschnitt beträchtlich. Er feierte gern Partys, er schlief gern bis in die späten Morgenstunden und er verbrachte seine Tage gern damit, so zu tun, als würde er sich einen Job suchen, während er eigentlich nichts tat.

Ashley war der offizielle Nichtsnutz der Carnarvon Familie, also passten sie perfekt zusammen. Obwohl er bereits sechsundzwanzig Jahre alt war, wohnte Eric immer noch in seinem alten Schlafzimmer im Gutshaus seiner Eltern. Er ließ sie manchmal heimlich herein, so wie er es mit Unterbrechungen seit fast zehn Jahren tat, seit sie sechzehn Jahre alt war.

Er trug ein graues T-Shirt und Pyjamahosen und war dabei, einen Berg von Briefen zu öffnen, während sie sich anzog. Er hielt ihr eine Einladung zu einer Hochzeit entgegen. Sie blinzelte, aber es war schwierig, die Worte durch all die Schnörkel und Verzierungen der Schrift auf der Einladung zu entziffern. Es schien, als wäre sogar der Drucker wegen der Hochzeit aufgeregt gewesen. „Melissa und Douglas?", riet sie. Die beiden waren gemeinsame Freunde, die ihre Verlobung im vergangenen Herbst verkündet hatten.

Er schüttelte den Kopf. „Donovan und Kylie."

„Wow, so schnell die Einladung zur Hochzeit? Sie haben sich gerade erst verlobt!"

Er warf die Einladung zur Seite und rollte sich zu ihr. Er hatte das Glitzern in den Augen, das gewöhnlich nur dann auftauchte, wenn er jemandem einen Streich spielte. Für einen eher faulen Mann wendete er viel Zeit für seine Streiche auf. „Ich habe gesagt, dass es so scheint, als würde jeder, den wir kennen, heiraten. Vielleicht sollten wir es auch tun."

Sie zog ihre Socke an und gähnte. Sie würde nur zu gern den

ganzen Tag im Bett herumlungern, aber sie musste zur Arbeit. Sie war nur eine Barista, aber das half ihr dabei, ihre Ausgaben zu decken. Im Gegensatz zu Eric wartete kein behaglicher Treuhandfond auf sie, auf den sie zurückgreifen konnte. „Vielleicht sollten wir was tun?" Sie würde einen Mord für eine Tasse Kaffee begehen, aber die unausgesprochene Regel war, dass ihre nächtlichen Besuche bei Eric nicht stattfanden. Also verließ sie das Gut immer diskret, holte ihr Fahrrad hinter den Büschen an der hinteren Wand des Grundstücks hervor und verließ es über die Privatstraße, um nach Hause zu fahren.

„Heiraten!"

Sie ließ den Stiefel fallen, den sie in der Hand hielt, und er knallte auf den Boden. Sie wandte sich ihm zu, um ihn anzustarren. „Heiraten?"

„Ja." Er sah nicht aus, als würde er scherzen. Er sah aus, als hätte er rosa Wangen, als würde er tatsächlich erröten.

„Du und ich? Einander?"

„Warum nicht? Wir haben uns gern. Wir sind seit der High-School so gut wie zusammen. Du bist ein cooles Mädchen."

„Deine Eltern würden niemals zulassen, dass du mich heiratest. Sie sind die schlimmsten Snobs auf Erden."

„Warum sollten sie dich nicht mögen? Du bist eine Carnarvon."

„Nur, weil mein nichtsnutziger Vater nie dazu gekommen ist, meine Mutter zu heiraten. Ich habe kein Geld, keinen Treuhandfond, keinen angesehenen Job. Ich wohne in einer Hütte auf dem Anwesen meines Onkels und meiner Tante. Ich bin ein Sozialfall."

Er streckte seine Hand aus und strich mit seiner Fingerspitze über seinen Arm. „Komm schon. Es wird ein Spaß. Wir geben eine riesige Party. Meine Eltern haben immer gesagt, dass sie mir ein Haus kaufen werden, wenn ich heirate."

„Du willst heiraten, damit du ein Haus bekommst?" Das hörte sich nicht nach dem Eric an, den sie kannte.

„Nein. Ich weiß es nicht genau ... ich will irgendwie weiter-kommen in meinem Leben. Du und ich, wir sitzen beide fest. Ich glaube, wir könnten einander wirklich helfen. Wir sind seit zehn Jahren zusammen. Ich finde, wir sollten heiraten." Es war nicht so, dass sie seit einem Jahrzehnt ein richtiges Paar gewesen wären. Sie hatte immer gedacht, dass sie eine eher freundschaftliche Beziehung hatten, die Sex involvierte, wann auch immer sie beide Single waren. Seine Eltern hatten immer auf sie herabgesehen und sie war kein einziges Mal zu einer Familienfeier eingeladen worden. Sie war bequem für ihn, genauso wie er für sie.

Und doch hatte die Vorstellung, dass sie sich dem schweren Gewicht der Missbilligung ihrer Eltern entziehen könnten, etwas Reizvolles.

Er schenkte ihr dieses breite Grinsen, das all seine strah-lenden Zähne enthüllte und ihre Knie immer ins Schwanken brachte. Wenn Erik seinen Charme einschaltete, tat sie so ziem-lich alles, was er wollte. „Ich liebe dich", sagte er.

„Du liebst mich?" Es war das erste Mal, dass er diese Worte je ausgesprochen hatte.

Er zuckte mit den Schultern und zupfte am Rand eines Kissens; er fühlte sich eindeutig unwohl. „Klar. Offensichtlich. Liebst du mich denn nicht?"

„Ich ..." Sie war immer schon Teil von Erics Leben gewesen. Sie kannte all seine schlechten Seiten ebenso wie seine guten. Er war das jüngste Kind der Familie, ein Charmeur, der immer fröhlich aussah, Scherze machte, Streiche spielte und immer darauf wartete, dass gute Dinge auf ihn herabregneten. Und meistens taten sie das. Und wenn er sie anlächelte, dann hatte sie das Gefühl, dass gute Dinge auch auf sie herabregneten. Sie hatte ihn immer geliebt, natürlich hatte sie das. Also nickte sie. „Du weißt, dass ich das tue."

Er sprang vom Bett und warf seine Arme in einem Siegestanz in die Luft, er hüpfte und kreiste seine Hüften um das Bett herum, dann hob er sie auf und wirbelte sie umher, küsste sie, ein großer Schmatzer auf ihre Lippen. Sie kicherte hilflos, als er sie wieder hinstellte.

„Komm", sagte er. „Lass uns feiern."

„Feiern? Es ist acht Uhr morgens."

„Ich lade dich zum Frühstück ein, dann sagen wir es meinen Eltern. Ich kann es kaum erwarten. Sie werden so glücklich sein."

Sie war sich dessen nicht ganz so sicher. „Ich kann nicht mit dir frühstücken. Ich muss arbeiten."

Er machte ein Pfft Geräusch. „Nimm dir frei. Du hast dich gerade verlobt. Du hast dir einen freien Tag verdient."

„Nicht, wenn ich meinen Job behalten will." Was sie eigentlich nicht wollte, aber sie brauchte das Geld. „Außerdem solltest du es deinen Eltern allein sagen. Nur für den Fall, dass sie die Idee verabscheuen."

„Sie werden begeistert davon sein", sagte er mit großer Zuversicht. „Vertrau mir. Komm heute zum Abendessen."

Sie küsste ihn flüchtig. „Ruf mich später an."

„Wie würde dir Tahiti für die Flitterwochen gefallen?"

„Warum nicht?" Dann fuhren sie und ihr frisch verlobter Hintern etwas benommen nach Hause.

Die großen Tore des Carnarvon Grundstücks waren für einen Lieferwagen geöffnet, und sie fuhr auf ihrem Fahrrad hinein und den Weg entlang zu dem alten Gärtner-Cottage, in dem sie ihr ganzes Leben mit ihrer Mutter gewohnt hatte, oder so lange sie sich erinnern konnte.

Der Duft von frischem Kaffee begrüßte sie, als sie eintrat. Jawohl!

„Hallo, Liebes", rief ihre Mutter aus ihrem Schlafzimmer. Sanfte Musik spielte im Hintergrund und sie wusste, dass ihre Mutter ihre Morgenseiten schrieb. Melody Carnarvon hatte vor Jahren einen kreativen Schreibkurs besucht, der die Aktivität des Morgenseiten-Schreibens als Weg, kreative Ströme auszulösen, angepriesen hatte. Ihre Mutter hatte sich gewissenhaft an ihre

NANCY WARREN

Morgenseiten gehalten, die praktisch ein Tagebuch waren. Wenn es je ihre kreativen Ströme ausgelöst hatte, hatte Ashley keinerlei Beweise dafür gesehen.

Sie goss Kaffee in die grünen getöpferten Tassen, die sie beide am liebsten verwendeten, weil sie riesig waren, und trug sie in das Schlafzimmer ihrer Mutter.

Im Alter von siebenundvierzig war Melody Carnarvon im ständigen Kampf gegen Zeit und Schwerkraft. Ashley dachte, dass ihre Mutter großartig aussah, mit ihrem durch Yoga gut trainierten Körper, Haar, das immer noch lang und blond war, und hübschen blauen Augen, aber ihre Mutter verschwendete viel Zeit und den Großteil ihres Geldes damit, jung zu bleiben.

„Guten Morgen", sagte sie, als Ashley ihr die Tasse mit Kaffee reichte. „Oh, Danke. Ich sollte wirklich mehr grünen Tee trinken."

Sie sagte dies jeden Morgen, trank aber weiterhin Kaffee.

Ashley setzte sich auf das Fußende des Betts und nippte an ihrem Kaffee in der Hoffnung, dass ein Koffeinschub ihrer Welt wieder Klarheit verschaffen würde. „Ich muss mit dir reden."

„Was gibt's?" Ihre Mutter legte ihr Tagebuch nieder. Das aktuelle Notizheft war leuchtend blau und mit Libellen verziert.

„Ich glaube, Eric Van Hoffendam hat mir gerade einen Antrag gemacht."

Ihre Mutter war genauso überrascht, wie Ashley es erwartet hatte. „Was? Eric hat dir einen Antrag gemacht? Du meinst, einen *Heirats*antrag?"

„Ich glaube, ja."

„Was hat er denn gesagt?"

„Er hat davon gesprochen, dass viele unserer Freunde heiraten, was auch stimmt. Er hat mit einer Hochzeitseinladung in meinem Gesicht herumgefuchtelt. Dann hat er gesagt, wir sollten es auch tun. Heiraten."

Ihre Mutter hörte so gespannt zu, dass sie wünschte, sie hätte eine romantischere Geschichte zu bieten. Aber Eric war nicht

6

unbedingt für seine romantischen Taten bekannt. „Und was hast du geantwortet?"

„Ich glaube, ich habe Ja gesagt." Aber als sie sich an das Gespräch erinnerte, konnte sie nicht sicher sein.

„Du bist nicht schwanger, oder?" Melody sagte das nicht auf abwertende Art und Weise. Ihr war das Gleiche passiert, allerdings ohne den Vorteil eines Heiratsantrags.

„Nein. Natürlich nicht." Sie hoffte doch, dass sie klüger war, als ihre Mutter es gewesen war.

Ihre Mutter saß einen Moment lang schweigend da, dann hüpfte sie in ihrer sitzenden Position auf dem Bett auf und ab, vorsichtig, um ihren Kaffee nicht zu verschütten. „Oh, mein Gott. Du wirst Eric Van Hoffendam heiraten?"

Sie fühlte sich, als würde all dies mit jemand anderem geschehen. „Ja ... Ja. Außer, es war einer seiner dummen Streiche."

„Niemand scherzt, wenn es ums Heiraten geht."

Wenn irgendjemand es tat, dann würde es Eric sein, aber sie kannte ihn schon seit Ewigkeiten und war sicher, dass er es ernst gemeint hatte. „Wahrscheinlich nicht."

„Ich kann es nicht glauben!" Melody schlug ihre freie Hand auf ihre Wange. „Es gibt so viel zu tun. So viel zu planen." Sie stellte ihren Kaffee ab, griff nach ihrem Tagebuch und schlug eine leere Seite auf. „Eine Liste. Wir müssen eine Liste machen. Also, wir müssen natürlich ein Datum festlegen. Habt ihr euch auf ein Datum geeinigt?"

Sie lachte. „Mom, ich bin seit ungefähr fünfunddreißig Minuten verlobt. Wir haben uns noch auf gar nichts geeinigt."

„Wir müssen jetzt über all diese Dinge nachdenken. Gute Veranstaltungsorte sind Ewigkeiten im Voraus ausgebucht. Es passiert nicht jeden Tag, dass meine einzige Tochter heiratet." Dann füllten sich ihre Augen mit Tränen. „Oh, Liebes. Ich freue mich so sehr für dich."

„Und du denkst, dass er der Richtige ist?"

„Natürlich denke ich das. Eric ist ein großartiger Kerl." Dann

7

verwandelten sich ihre Tränen in Gelächter. „Und bitte lass mich diejenige sein, die es Duncan sagt. Ich möchte das Gesicht meines Bruders sehen, wenn ich ihm sage, dass seine Nichte heiratet, nachdem sein wertvoller Sohn praktisch am Altar sitzengelassen wurde und einen kompletten Idioten aus sich gemacht hat."

Sie würde diese Vorstellung niemals vergessen. Nachdem Ted und Kate Winton-Jones sich getrennt hatten, hatte Ted sich plötzlich behauptet und seinen Eltern mitgeteilt, dass er eine andere Frau liebte. Er hatte darauf bestanden, sie zum Abendessen mitzubringen, und Millicent hatte Ashley und ihre Mutter ebenfalls eingeladen, wahrscheinlich in der Hoffnung, dass Duncan sich benehmen müsste, wenn mehr Gäste anwesend waren.

Sie würde dieses Essen für den Rest ihres Lebens nicht vergessen.

Ted war mit einer Frau angekommen, die mindestens ein Jahrzehnt älter war als er und aussah, als würde sie am östlichen Ende der Melrose Avenue einkaufen.

Langes rotes lockiges Haar, viel Makeup, die raue Stimme einer Raucherin.

Ihr Name war Marlene. Ted zu beobachten, wie er versuchte, seine Eltern dazu zu bringen, diese Frau zu mögen, nun, es war das einzige Mal, an das sie sich erinnern konnte, dass ihr älterer Cousin ihr leidgetan hatte.

Der Abend hatte in einer Schreierei geendet, deren Ausmaß sie weder zuvor noch danach je erlebt hatte. Ted war aus dem Haus gestürmt und hatte geschworen, dass er nie wieder zurückkehren würde.

Später hatte er ihr eine Nachricht geschrieben und sie darum gebeten, seine Sachen im Poolhaus, in dem er gewohnt hatte, zu packen und zu ihm zu bringen. Da sie keinen Führerschein hatte, hatte sie Eric bitten müssen, ihr dabei zu helfen, einige Kartons mit Teds Habseligkeiten zu einem geheimen Treffpunkt zu bringen, dem Parkplatz vor einem Starbucks.

Innerhalb von Tagen war ein Putztrupp in das Poolhaus gekommen und hatte alles gereinigt. Danach sah es so aus, als hätte Ted niemals dort gewohnt.

Er arbeitete immer noch im Familienunternehmen und sie vermutete, dass das Drama eines Tages vorbei sein würde, aber bis dahin wusste sie, dass ihre Mutter es genießen würde, ihrem ach so perfekten Bruder und seiner Frau mitzuteilen, dass Ashley in eine Familie einheiraten würde, die noch einflussreicher war als ihre.

In ihren Augen hatte sie nicht viel richtiggemacht. Es war seltsam, daran zu denken, dass einen Nichtstuer wie Eric zu heiraten in der Welt der Carnarvons ein echter Coup war.

Wenn sie ihn tatsächlich heiraten würde. Eric war nicht wie Ted. Wenn seine Eltern seiner Wahl nicht zustimmten, und sie konnte sich nicht vorstellen, dass sie sie für die Traumbraut für ihren Sohn halten würden, dann würde es keine Hochzeit geben.

Sie machte sich auf den Weg in das Kaffeehaus, wo Latte Macchiatos, Iced Kakao-Cappuccinos, Espresso Frappuccinos und Caffè Mochas mit extra Schlagsahne sie zu sehr beschäftigten, um an irgendetwas anderes als das Ende ihrer Schicht zu denken.

Während ihrer Pause holte sie ihren Skizzenblock, den sie immer mit sich trug, hervor und öffnete ihn auf einer leeren Seite. Sie fing damit an, Eheringe für sich und Eric zu entwerfen. Sie waren natürlich nicht traditionell. Sie kannte einen Schmuck-Designer und hatte einige Vorstellungen von zusammenpassenden Ringen, die nicht teuer, aber wirklich, wirklich cool sein würden.

Vorausgesetzt, dass es sich bei Erics Heiratsantrag nicht um einen Streich gehandelt hatte.

KAPITEL 2

𝒜ls Ashley an diesem Nachmittag nach Hause kam, war ihre Mutter am Telefon. Ihrem Festnetz-Telefon, das kaum jemals läutete. Sie riss die Augen auf, als Ashley hereinkam.

„Natürlich, Grace. Ashley und ich freuen uns darauf. Ja, sechs Uhr passt gut."

Sie legte auf und sie starrten sich einen Moment lang an. „Das war Grace Van Hoffendam."

„Und?"

„Sie hat uns beide für heute Abend zum Abendessen eingeladen."

„Wie hat sie geklungen?"

„Als wäre sie entzückt darüber, dich in der Familie willkommen zu heißen."

„Hm. Ich muss wohl entzückend sein."

Ihre Mom umarmte sie mit einem Arm. „Du bist ein Stück Perfektion. Meine Arbeit ist getan. Oh, gut, dass ich meine Liste gemacht habe. Ich habe den gesamten Nachmittag Webseiten durchsucht und ein paar Bücher über Hochzeitsplanung gekauft." Sie zeigte auf das Sofa, wo ein Stapel Bücher deplatziert neben ausgefächerten Brautmagazinen lehnte. „Ich will den Van

Hoffendams beweisen, dass wir eine großartige Hochzeit planen werden."

„Aber Mom, wir können uns nicht leisten ..."

„Hey, du bist meine einzige Tochter und du wirst heiraten. Wir werden es irgendwie hinkriegen." Ihre Mutter sah wirklich glücklich aus. „Oh, und das Beste daran, dass du dich an einem Samstagmorgen verlobt hast, ist, dass Duncan nicht im Büro war. Ich habe eine Ausrede erfunden, um beim Gutshaus vorbeizuschauen."

„Wirklich? Hast du dir eine Schüssel Zucker ausgeliehen?"

„Ich bitte dich. Du solltest mir etwas mehr Raffinesse zutrauen. Ich habe sie gefragt, ob sie irgendwelche Brautmagazine oder Hochzeitsplanungsbücher haben, die ich mir ausborgen kann."

„Du bist die Königin der Raffinesse."

„Ich weiß. Also wollten sie natürlich wissen, wozu ich derartige Dinge brauchen würde, und ich habe ihnen natürlich gesagt, dass ihre Nichte in die Van Hoffendam Familie einheiraten wird."

„Wie haben sie es aufgenommen?"

„Nachdem Duncan seine Fähigkeit zu sprechen wiedererlangt hatte, sagte er hauptsächlich nette Dinge."

„Hauptsächlich?"

„Er hat vielleicht die Tatsache des Jobmangels erwähnt, was Eric betrifft, aber er hat bald das Positive daran gesehen. Du weißt schon, eine Allianz mit einer weiteren einflussreichen Familie."

„Und Tante Millicent?"

„Ich bin nicht sicher, dass sie ihre Fähigkeit zu sprechen je wiedererlangt hat."

Es war wirklich angenehm, dass sie einmal ein Modell für Perfektion war, während ihr Cousin Ted derjenige war, der Mist baute. „Es tut mir fast leid, das verpasst zu haben."

„Mir auch. Aber sie wollen dir und Eric eine Verlobungsparty ausrichten."

„Wow. Das ist wirklich nett von ihnen."

„Ich weiß. Gewöhn dich dran. Eric zu heiraten macht uns wieder zu Mitgliedern in ihrem Club."

„Ist es ein Club, dem wir angehören wollen?"

Ihre Mutter zuckte mit den Schultern. „Das Essen ist immer gut."

Das seltsame Gefühl, dass sich ihr Leben plötzlich komplett verändert hatte, wurde an dem Abend verstärkt, als sie am Anwesen der Van Hoffendams zum Abendessen ankamen und sie und ihre Mutter an der Tür vom Dienstmädchen der Van Hoffendams begrüßt wurden.

Bei all den Malen, die sie sich durch den Hintereingang zu Erics Zimmer geschlichen hatte, konnte sie an einer Hand abzählen, wie oft sie die Vordertür benutzt hatte. Und normalerweise war Eric bei ihr gewesen.

Aber als sie in das Wohnzimmer geführt wurden, wo Eric und seine Eltern bereits auf sie warteten, hätte sie aus der Begrüßung schließen können, dass sie bereits ein Mitglied der Familie sei.

Grace Van Hoffendam sagte: „Oh, meine Liebe, lass dich umarmen." Und sie zog Ashley in eine duftende Umarmung. Erics Vater, ein beängstigend aussehender Mann mit Bart, der Sigmund Freud ähnlich sah, außer, dass er ein bisschen größer war, schüttelte ihre Hand und murmelte: „Erfreut."

Sie behandelten ihre Mutter wie eine alte Freundin und die kleine Gruppe saß bald bei teurem Champagner zusammen. „Auf Eric und Ashley", sagte Charles Van Hoffendam feierlich, und sie nippten alle an ihrem Getränk.

Bei Tisch saß sie neben ihrer Mutter und Erik und seine Eltern saßen ihnen gegenüber. Aber als sie Erics Blick begegnete, zwinkerte er ihr zu.

„Wir sind sehr aufgeregt wegen der großen Neuigkeiten", sagte Grace. Sie hatte eindeutig eine Botox-Sitzung hinter sich, denn ihr Gesichtsausdruck schien sich kaum zu verändern.

„Und ich könnte mich nicht mehr freuen", antwortete ihre Mutter. „Eric und Ash kennen sich schon so lange."

„Gut." Grace lehnte sich nach vorn und nahm ein elegantes Notizbuch von einem unbezahlbaren antiken Tischchen neben dem unbezahlbaren antiken Sofa. Sie nahm den Verschluss von einem Kugelschreiber, der eines Tages zweifellos auch eine unbezahlbare Antiquität sein würde. „Ich habe mir die Freiheit genommen und eine einfach wunderbare Hochzeitsplanerin engagiert. Sie hat die Hochzeit der Halliburton Tochter im letzten Jahr geplant, müsst ihr wissen, und sie waren von ihr begeistert. Hier ist ihre Visitenkarte."

Sie reichte Melody die elegante kleine Karte, die wie die Miniaturausgabe einer Hochzeitseinladung aussah.

„Wow. Danke."

„Und hier, würdest du bitte diese Annonce auf Fehler prüfen? Ich werde in allen Zeitungen eine Hochzeitsanzeige veröffentlichen." Dieses Mal reichte Grace eine vorbereitete Anzeige weiter. Ashley spähte über die Schulter ihrer Mutter und las, dass die Carnarvon Familie und die Van Hoffendam Familie erfreut waren, die Verlobung von Ashley Elizabeth Carnarvon mit Eric Charles Van Hoffendam bekanntzugeben. Darauf folgte ein Paragraph über jede der beiden illustren Familien. Sehr wenig über Eric oder Ashley, und nichts, was darauf schließen lassen würde, dass Melody eine alleinerziehende Mutter war.

„Sobald wir diese beiden dazu überreden können, ein formelles Verlobungsportrait von sich malen zu lassen, werden wir das natürlich auch in allen Zeitungen veröffentlichen."

Formelles Verlobungsportrait? Sie sah Eric fragend an und er zuckte die Schultern und verzog sein Gesicht, aber so subtil, dass nur sie es sehen konnte.

„Wow. Das ist unglaublich. Ich habe eigentlich geplant, vieles selbst zu organisieren", sagte ihre Mutter und klang dabei ein bisschen eingeschüchtert.

„Ich biete dir nur ihren Service an. Wir kümmern uns natürlich um die Kosten." Sie warf ihrem Mann einen kurzen Blick zu. Er erkannte den Hinweis, räusperte sich und lehnte sich nach vorn. „Melody, wir verstehen sehr gut, dass deine Lebensumstände bescheidener sind als unsere, und wir würden uns sehr geehrt fühlen, wenn du uns erlauben würdest, für die Hochzeit aufzukommen."

„Oh, nein. Das kann ich nicht tun. Danke, aber Ashley ist meine Tochter. Ich habe den Großteil ihres Lebens von ihrer Hochzeit geträumt. Ich habe alles unter Kontrolle."

„Dann lass uns wenigstens dazu beitragen. Da wir einige Freunde und Geschäftspartner einladen, ist das nur fair."

„Oh, also ... Wir können uns später über die Details unterhalten."

Sie warf Eric einen weiteren Blick zu. Sie hatten sich noch gar nicht über die eigentliche Zeremonie unterhalten. Genau gesagt, hatten sie überhaupt noch nicht über die Hochzeit gesprochen, und jetzt wurde die ganze Sache geplant, ohne dass sie auch nur jemand nach ihren Vorstellungen und Wünschen fragte.

Er war entweder damit beschäftigt, die Bläschen in seiner Sektflöte zu zählen, oder er vermied es, sie anzusehen.

„Mein Bruder und meine Schwägerin würden gerne die Verlobungsfeier für Ashley und Eric veranstalten", sagte Melody, offensichtlich froh darüber, irgendetwas beisteuern zu können.

„Wunderbar. Wir freuen uns darauf."

Dann verkündete ein anderes Dienstmädchen, dass das Abendessen serviert war, und sie wurden in das formelle Esszimmer geführt. Das Essen war ausgezeichnet, und Grace und Charles waren hervorragende Gastgeber, aber sie fühlte sich immer, als müsste sie sich ständig von ihrer besten Seite präsentieren.

Grace und Melody waren in kompletter Hochzeitsplanungs-Stimmung und unterhielten sich angeregt. „Ich glaube nicht, dass eine lange Verlobungszeit notwendig ist, da die beiden sich schon

seit Jahren kennen. Was denkst du?", fragte Millicent und sah
Melody an.

„Was für einen Termin hast du ins Auge gefasst?"

„Wir haben jetzt April. Wie wäre es mit einer Hochzeit
Anfang Juni?"

Ashley schluckte zu schnell und verschluckte sich beinahe an
einer Spargelspitze. Bei all ihren Freunden hatte es mindestens
sechs Monate bis zur Hochzeit gedauert, gewöhnlich ein Jahr.
Warum die Eile?

Melody sah genauso verwirrt aus. „Aber wenn wir einen
schönen Veranstaltungsort buchen wollen, dauert es mindestens
sechs Monate."

„Oh, hast du vorgehabt, etwas *Öffentliches* zu buchen?", fragte
Grace, als hätte Melody vorgeschlagen, dass sie in einer öffentlichen Toilette heiraten sollten. „Ich hatte eher an eine Gartenhochzeit gedacht. Wenn die Carnarvons die Hochzeit nicht auf
ihrem Anwesen abhalten wollen, dann würden wir uns natürlich
freuen, sie hier zu veranstalten."

Sie wechselte einen Blick mit ihrer Mutter, aber sie wusste
nicht, was sie sagen sollte, und Eric schien dem Gespräch überhaupt nicht zu folgen.

„Ich denke, dass eine Gartenhochzeit wunderschön wäre."

Nach dem Abendessen sagte Eric: „Möchtest du mit mir
draußen spazieren gehen?"

„Ja, klar." Sie schaute zu ihrer Mutter und erhielt ein zustim-
mendes Nicken als Antwort.

Eric und sie gingen durch die riesigen Terrassentüren zu den
Ziergärten, die dem Haus am nächsten lagen. Die Gärtner der
Van Hoffendams trimmten die Bäumchen zur Perfektion. Sie
waren wie Tiere geschnitten, die sich unter gewaltigen Säulen
herumtrieben. In einer denkwürdigen Nacht, als sie noch in der
High-School und seine Eltern nicht Zuhause waren, hatte Eric
sich die Säge geschnappt und die Säulen so gestutzt, dass sie wie
riesige Erektionen aussahen. Ihre Freunde waren begeistert

davon gewesen und er hatte tausende Likes auf Facebook erhalten. Seine Eltern hatten es nicht so amüsant gefunden.

Und hier war der Mann, der Bäume in pornographische Formen verwandelte, und starrte ernsthaft auf sie herunter. „Ich wollte dir das hier geben." Er zog eine Ringschachtel aus der Tasche seines Jacketts. Ihr Herz begann zu rasen. Das war alles viel zu echt.

„Es war der Ring meiner Mutter", sagte er, wobei seine Stimme so tief und feierlich war, als wäre sie im Kindsbett gestorben und würde nicht in einem Zimmer kaum siebzig Meter entfernt an ihrem Brandy nippen.

Er öffnete die kleine blaue Schachtel und dort war ein Ring, an den sie sich gut erinnerte. „Mein Vater hat ihn ihr gegeben, als sie sich verlobten."

„Ich weiß. Ich erinnere mich daran. Sie hat ihn immer getragen, bis der Ring an ihrem fünfunddreißigsten Hochzeitstag durch ein größeres Modell ersetzt wurde."

Er gab Ernsthaftigkeit auf und versuchte es mit Neckerei. „Bleib fünfunddreißig Jahre bei mir und du wirst auch ein größeres Modell bekommen."

Er nahm ihre linke Hand und schob den Ring darauf. Es war ein netter Solitär, perfekt für ein Paar, das sich gerade verlobt hatte, und sparsam, da Eric kein Geld dafür ausgeben musste. Es war einfach nur gar nicht, was sie ausgesucht hätte.

Und doch würde sie sich nicht über den Diamanten beschweren, den ein Mann gerade an ihren Finger gesteckt hatte – nicht, wenn die Eltern zusahen – also bedankte sie sich bei ihm und ließ sich hinter die dekorative Hecke schleppen und ein paar Minuten begrapschen. Er nahm ihre Hand, um sie wieder hinein zu führen, aber sie hielt ihn zurück. „Warum hat deine Mutter es so eilig damit, uns zu verheiraten?"

Er hielt ihre linke Hand so, dass das Licht vom Diamanten reflektiert wurde und den ungewohnten Ring zum Glitzern brachte. „Ich denke, sie ist nur aufgeregt. Wir können länger warten, wenn du willst. Ist deine Entscheidung. Aber nach zehn Jahren ist es ja nicht so, als ob wir uns nicht kennen würden."

„Okay." Irgendetwas kam ihr jedoch verdächtig vor. „Alle werden denken, dass ich schwanger bin."

Er grinste sie an. „Wenn ich genügend Hinweise fallen lasse, dann kann ich dir bestimmt eine Babyfeier ergattern."

„Bitte denke nicht einmal daran", warnte sie ihn, dann lachte sie, als er sie an sich zog, um sie laut schmatzend zu küssen.

∾

NACHDEM JEDER – INKLUSIVE der der Dienstmädchen, die wie Statisten herbeigerufen wurden, um eine Szene zum Leben zu erwecken – den Ring genügend bewundert hatte, verabschiedeten sie sich.

Als sie nach Hause fuhren, sah ihre Mutter sie von der Seite an. „Wow, das war anstrengend. Die gesamte Hochzeit scheint an einem Abend geplant worden zu sein. Aber das war wirklich reizend, wie er dich mit dem Ring überrascht hat."

Sie drehte den Diamanten um ihren Finger an der linken Hand. „Ich weiß. Ich wünschte nur, ich hätte davon gewusst, dann hätte ich heute eine Maniküre untergebracht. Und warum die große Eile?"

„Als du mit Eric draußen warst, hat Grace mir anvertraut, dass sie dich als guten Einfluss auf Eric sieht. Sie haben ihm gesagt, dass er sich nun, da er Verantwortung übernommen hat, ernsthaft um einem Job umsehen muss."

Sie starrte ihre Mutter an. „Sie muss an jemand anderen gedacht haben. Mich hat noch nie jemand guten Einfluss genannt."

„Verkauf dich nicht unter deinem Wert."

Als sie Zuhause ankamen entdeckte Ashley, dass ihr Tag der Überraschungen noch nicht vorbei war.

Sie öffnete die Tür, die sie nie absperrten, da sie sich auf einem abgesicherten Anwesen befanden, und sagte: „Oh."

Ein Brautkleid hing auf einer Schneiderpuppe wie ein Geist vor ihnen. Die Brise, die durch die geöffnete Tür hereinkam, brachte den Rock des Kleids zum Rascheln, als wäre das Kleid am Leben.

„Was ist das?", fragte ihre Mutter, als sie vor Schreck stehenblieb. „Es hängt eine Karte daran." Sie hob die Karte auf und las: „Betrachte dies als unser Verlobungsgeschenk, Ashley. Ein Brautkleid, das von Evangeline entworfen wurde. Sie freut sich auf deine erste Anprobe. Mit viel Liebe, Millicent und Duncan."

„Wow", sagte ihre Mutter mit mehr Enthusiasmus als ein Cheerleader, der unter Drogen stand. „Sie haben dir ein Brautkleid geschenkt!"

Ashley fasste die wunderschöne Seide an. „Kein Geschenk, ein Kleid aus zweiter Hand."

KAPITEL 3

„Du musst immer alles schwierig machen", schrie Lester Sprague.

Bennett Saegar setzte sich. Wenn sein Agent anfing, ihn anzuschreien, dann wusste er, er würde kein Argument unterbringen können, bis der Zornesausbruch verebbt war. Außerdem blockierte der Kleinbus des Fernsehsenders die Einfahrt zu seinem Haus, und es sah nicht so aus, als würden sie sich in nächster Zeit verdrücken.

„Ich will die Dinge nicht schwieriger machen", protestierte er, aber Lester hörte nicht zu.

„Ich habe dich davor gewarnt, dieser Irren die Rolle zu geben, oder etwa nicht? Aber hörst du auf jemanden, der schon im Filmgeschäft war, bevor du auch nur ein Glitzern im Auge deines Vaters warst?"

„Ich habe ihr die Rolle nicht gegeben. Ich schreibe Drehbücher. Ich bin nicht für die Besetzung verantwortlich."

„Du hast das verdammte Drehbuch nur für sie geschrieben und hast es den Regisseur wissen lassen!"

Okay, das konnte er nicht bestreiten. Vanessa Moore, hatte eine zerbrechliche, verlorene Ausstrahlung an sich, eine ätheri-

sche Schönheit, die ihn zu der Rolle von Vivien in seinem Drehbuch *Seine letzte Freundin* inspiriert hatte. Ben war nicht bewusst
gewesen, dass das, was er auf der Leinwand gesehen hatte, nicht
gespielt war. Vanessa spielte die Rolle nicht. Sie war tatsächlich
zerbrechlich, verloren und (okay, damit hatte Les wohl recht)
eine Irre. „Sie hat die Rolle ausgezeichnet gespielt", warf er ein,
nur um Lester daran zu erinnern, dass seine Instinkte – künstle-
risch gesehen – gut waren. Aber Lester überfuhr dieses Argument sofort.

„Natürlich war sie das. Sie ist verrückt. Und jetzt hat sie sich
deinetwegen umgebracht und die Presse spielt völlig verrückt.
Was zur Hölle?"

„Sie ist nicht tot, Lester." Gott sei gedankt.

Aber Lester war nicht an dem positiven Aspekt dieses Durch-
einanders interessiert. „Es wäre besser, sie wäre tot. Wenn sie
noch ein Interview gibt und der Welt erzählt, wie sehr sie dich
liebt und wie du sie hast sitzenlassen, wird deine Karriere keinen
Deut mehr wert sein."

Tatsächlich bekam er mehr Angebote als je zuvor, und wer
würde das besser wissen als sein Agent? Es schien, als wäre es für
die Karriere eines Drehbuchautors gut, wenn man eine Schauspielerin beinahe in den Selbstmord trieb, auch wenn es teuflisch
schlecht für sein Privatleben war.

„Du kannst nicht einmal in die Nähe deines Hauses gehen. Es
wimmelt dort nur so von Fernsehsendern und Schaulustigen.
Und ich wette jeder Menge Verrückter, die dich stalken wollen."

Die Tatsache, dass Vanessa sein Bett als den Ort ausgewählt
hatte, wo sie ihr Leben beenden wollte, machten ihn und sein
Haus zum Fokus der Art von Medienrummel, den er verabscheute. Er war sich beinahe sicher, sie hatte sich vorgestellt, dass
ihr Akt der Verzweiflung zu der Erkenntnis führen würde, dass
er nicht ohne sie leben konnte oder einen ähnlichen Mist. Zu
ihrem Pech hatte sie sich nicht versichert, dass er Zuhause war,
bevor sie in sein Haus einbrach, sich nackt in sein Bett legte und

eine ganze Schachtel Schlaftabletten schluckte. Als er eine Stunde später nach Hause gekommen war, war es beinahe zu spät gewesen. In all dem Chaos, sie so schnell wie möglich ins Krankenhaus zu befördern, hatte er den erbärmlichen Abschiedsbrief erst am nächsten Tag gefunden.

Was völlig egal war, da er ihn auf einem Dutzend Webseiten lesen konnte. Ihre erste Tat nach ihrem Erwachen aus dem Koma war gewesen, Kopien des Abschiedsbriefs in Umlauf zu bringen. Ihre Rechtschreibung und Grammatik mochten nicht umwerfend sein, aber Vanessa war eine phantasievolle kreative Schriftstellerin.

Sie „erholte" sich derzeit in einer Privatklinik, die den Patienten – zu seinem Leidwesen und dem jeder intellektuellen Person – Zugriff auf das Internet und Besucher erlaubte. Auch wenn diese Besucher Reporter und Blogger waren.

Vanessa holte so viel aus ihrem beinahe Tod heraus, wie sie nur konnte, und stellte ihn als einen Schuft dar. Obwohl sie nie geradeheraus sagte, dass er sie verführt und dann im Stich gelassen hatte, deutete sie genau das an. Und sie war so mitleiderregend und zerbrechlich und all das, dass er nicht öffentlich über die Angelegenheit sprechen konnte, ohne als genau der Bully zu erscheinen, als den sie ihn darstellte.

„Ich will nicht, dass du mit irgendjemandem sprichst, verstanden? Nicht mit den Medien, nicht mit den Bloggern und nicht mit Freunden in der Branche. Mit niemandem."

„Keine Sorge. Ich verstecke mich für eine Weile." Und das machte ihn wütender als alles andere. Er war angeklagt worden, etwas getan zu haben, was er nie tun würde, und nun verwandelten die Paparazzi sein eigenes Heim in ein feindliches Terrain.

„Gut. Wo?"

„Ich wohne vorübergehend im Poolhaus eines Familienfreunds."

„Es handelt sich hoffentlich nicht um einen weiblichen Familienfreund. Ich sage es dir ganz deutlich, du wirst vielleicht damit durchkommen, wenn diese Schickse überlebt, aber nur, wenn du das nächste Jahr über wie ein Mönch lebst."

„Ein Jahr? Das ist eine lange Bußzeit dafür, die perfekte Rolle für eine unausgeglichene Schauspielerin geschrieben zu haben."

Lester schnaubte. „Lass dir das eine Lehre sein. Finde mir eine ausgeglichene Schauspielerin, und ich zeige dir einen Scheidungsanwalt, der kein Halsabschneider ist. Keines davon existiert."

„Gut, verstanden."

„Wo ist dieses Poolhaus?"

„Malibu."

„Gut. Du bist immer noch nahe genug bei L.A., falls ich dich brauche." Er hörte einen keuchenden Husten und wusste, dass Lester wieder geraucht hatte, obwohl sein Arzt, seine Frau, seine Exfrau, seine drei Kinder und seine Assistentin ihn aufgefordert hatten, es aufzugeben. „Was wirst du in diesem Poolhaus machen?"

„An einem neuen Drehbuch schreiben." Das würde Lester glücklich machen. „Und es kommen keine Frauen darin vor. Nur Männer, und die meisten davon werden umgebracht."

„Gut. Du arbeitest endlich an dem düsteren Thriller?"

„Scheint der passende Zeitpunkt dafür zu sein."

Ein keuchendes Lachen antwortete ihm. „Okay. Behalte deine Eier in der Hose, dann schaffen wir es vielleicht aus dieser Misere."

Nun, da der Redeschwall vorüber war, lehnte sich Ben zurück. „Danke, Lester."

„Ich halte dir den Rücken frei."

ER MUSSTE sich aus seinem eigenen Haus schleichen, dem Haus, das er nach seinem ersten erfolgreichen Drehbuch entworfen und gebaut hatte. Und jetzt stahl er sich davon wie ein Einbrecher und trug einen Koffer mit einigen Kleidungsstücken und einen weiteren, der praktisch sein gesamtes Büro enthielt. In seinem Haus hatte er ein großartiges Büro. Jetzt musste er in jemandes Poolhaus arbeiten. Nicht, dass er nicht dankbar dafür war. Wenn er in ein Hotel eingecheckt hätte, wäre er leicht gefunden worden, aber in Duncan Carnarvons Poolhaus war er so gut wie unsichtbar. Und genauso würde er verweilen, bis eine andere Medienhure die Aufmerksamkeit von Vanessa ablenkte.

Ben hatte sich seit Tagen vor den Paparazzi und jeder Menge anderer Personen versteckt, die nichts Besseres zu tun hatten, als herumzustehen und sein Haus zu beobachten.

Er verließ sein Haus in den frühen Morgenstunden, nachdem alle nach Hause gegangen waren, um sich für einen weiteren Tag der Ben-Verfolgung auszuruhen. Er nahm sein geliebtes Cabrio und fuhr die relativ ruhigen Straßen in L.A. entlang nach Malibu. Als die Sonne aufging, hatte er bereits ausgepackt und ging in Ruhe am Strand spazieren. Er konnte auf dem Anwesen der Carnarvons nachdenken, er konnte spazieren gehen, ohne beobachtet zu werden und flüstern hinter seinem Rücken zu hören. Und, so hoffte er zumindest, er konnte schreiben.

Die Geschichte rumorte schon seit einer Weile in seinem Kopf. Sie war gewalttätiger als seine üblichen Drehbücher. Die weibliche Hauptdarstellerin war eine launische, treulose Ehefrau, die eines gewaltsamen Todes starb, und im Moment passte das ausgezeichnet zu seiner Stimmung.

Er hatte einige Ideen für den ersten Akt, einige Dialoge, und während er spazieren ging spürte er die beruhigende Brise des Meeres und atmete tief ein. Er war eine ganze Weile unterwegs und spielte in Gedanken mit seinen Ideen. Er hatte genug von dem wirklichen Drama und wollte sich wieder in Filme vertiefen, in denen die Geschichten einen Sinn ergaben.

Er ging zurück zum Poolhaus und freute sich darauf, eine Kanne Kaffee zuzubereiten und mit seinem Arbeitstag zu beginnen. Das Beste an seinem Versteck war, dass niemand wusste, wo er war, nur Lester und seine Eltern, die diese temporäre Unterkunft für ihn arrangiert hatten. Er war weit von all der Verrücktheit entfernt, weit von all den Ablenkungen und am wichtigsten, er war weit von allen Frauen entfernt.

Er ging den Pfad entlang und war bereit, sich an die Arbeit zu machen.

Und blieb wie vom Blitz getroffen stehen.

Da war eine Meerjungfrau in seinem Pool.

Er blinzelte und die mythische Kreatur löste sich in eine Frau in grünem Bikini auf. Das Licht hatte sie auf eine Weise erfasst, die sie zum glitzernden Leuchten gebracht hatte, aber es war eine Frau, die von starken Beinen angetrieben wurde. Sie war athletisch, was an den sauberen, effizienten Zügen zu erkennen war, die sie schnell durch das Wasser pflügten. Sie erreichte das Ende und wendete mit ebensolcher Eleganz wie jede Meerjungfrau, die er sich nur vorstellen konnte. Nun schwamm sie auf ihn zu, wobei das Wasser blau und grün um sie herum wogte. Sie kam am Ende an und – hatte sie seinen Schatten gesehen? Seine Gegenwart gespürt? Sie legte ihre Hände auf den Rand des Pools und hob ihren Kopf, um zu ihm hochzusehen.

Wassertropfen perlten über ihr Gesicht und die Jahre fielen gleichzeitig damit von ihr ab. Er hatte Ashley Carnarvon seit einem Jahrzehnt nicht mehr gesehen, aber er erinnerte sich immer noch daran, einst das Objekt ihrer kindlichen Verliebtheit gewesen zu sein. Ashley war ihm einen ganzen Sommer lang wie eine einsame, liebeskranke Teenagerin nachgelaufen. Niemand hatte je eine Besessenheit entwickelt, die ihrer gleichgekommen wäre, bis ... Vanessa.

Sein erster Gedanke war, *zum Teufel, nein*. Nicht das. Nicht jetzt. Von allen Schwimmbecken in Malibu musste sie in seinem schwimmen.

Einen Moment lang sprach keiner der beiden. Ihm war bewusst, dass sich ihr Körper seit ihrer Jugendzeit entwickelt hatte. Ein diamantener Nasenring glitzerte in der Sonne. Sie strahlte eine gewisse zum-Teufel-damit-Einstellung aus, die sie als Fünfzehnjährige ausprobiert hatte. Ihre Verwundbarkeit war damals schmerzhaft offensichtlich gewesen. Entweder sie verbarg sie jetzt besser oder sie war stärker geworden. Er hoffte, dass es sich um Letzteres handelte. Und bei Gott, er hoffte, dass sie nicht mehr in ihn verliebt war. Sonst müsste er innerhalb der nächsten Stunde ein anderes leerstehendes Poolhaus finden.

„Ashley?", fragte er und fügte einen Hauch von Unsicherheit dazu, obwohl er genau wusste, wer sie war.

„Ben?" Sie warf die Frage zurück, obwohl er wusste, dass sie sich seiner Identität genauso sicher war.

Er nickte.

Sie runzelte verwirrt die Stirn. „Was machst du hier? Ted wohnt nicht mehr hier."

„Ich weiß. Ich wohne in nächster Zeit im Poolhaus."

„Du bleibst *hier*?" Sie sprach das letzte Wort viel lauter aus, als ob sie mehr als überrascht war. Vielleicht so entsetzt darüber, ihn hier vorzufinden, wie er entsetzt war, sie hier vorzufinden.

„Jawohl. Ist dir das recht?" Er sollte wohl gleich herausfinden, ob es ein Problem geben würde, bevor er die Worte *Akt Eins, Szene Eins, Einblenden* tippte.

Sie schüttelte den Kopf und versprühte Wassertropfen. „Sicher. Warum sollte es das nicht sein?", antwortete sie, ganz das taffe ich-esse-Jungs-wie-dich-zum-Frühstück-Mädchen.

„Kein Grund."

„Okay." Es folgte eine kleine Pause. Er hatte keine Ahnung, wie er sie füllen sollte. Schließlich sagte sie: „Stört es dich, wenn ich in deinem Pool schwimme? Ich komme fast jeden Tag hierher."

„Nein, natürlich nicht. Und es ist nicht mein Pool, er gehört deinem Onkel. Er sagte, dass ich ein paar Wochen hierbleiben könnte. Ich werde arbeiten." Er hoffte, sie würde das als Hinweis verstehen und nicht auf eine Tasse Kaffee vorbeikommen.

„Viel Glück", sagte sie, als wäre es ihr völlig egal. Und dann, mit einer Welle und vielen Spritzern schwamm sie in die entgegengesetzte Richtung los.

Er starrte ihr nach. Warum war er nie auf die Idee gekommen, dass Ashley Carnarvon immer noch mit ihrer Mutter auf dem Anwesen ihres Onkels wohnen könnte? Er wusste er hatte recht, wenn er ihr Alter auf fünfundzwanzig schätzte. Es war zehn Jahre her, seit er ein zwanzigjähriger Student gewesen war, strotzend vor Selbstbewusstsein, und sie ein Teenager, der ihn anbetete. Wohnte sie tatsächlich immer noch hier? Mit ein bisschen Glück kam sie nur vorbei, um das Schwimmbecken zu benutzen.

Mit Glück. Und Glück war in letzter Zeit nicht wirklich sein bester Kumpel gewesen. Wen konnte er fragen, um herauszufinden, ob Ashley jemals selbstmörderische Tendenzen gezeigt hatte?

Er konnte immer noch ihr rhythmisches Spritzen hören, als er den Pfad zum Eingang des Poolhauses hinaufging und das Haus betrat. Es war nicht groß, aber es hatte alles, was er brauchte. Nämlich eine Steckdose, Internetverbindung, eine einfache Küche und ein gut ausgestattetes Badezimmer. In einem abgetrennten Schlafzimmer befand sich ein Kingsize-Bett. Die großen Fenster überblickten den Pool, und die Bar war größer als die Küche.

Er stellte seinen Computer auf den Küchentisch, eine Kreation aus Bambus und Glas, die bei der Ausstattung von Strandhäusern sehr beliebt zu sein schien. Er goss sich eine Tasse frischen Kaffee ein und machte es sich in dem großen Sessel aus Bambus bequem, in dem er sich fühlte, als wäre er auf Urlaub in den Bahamas.

Er fuhr seinen Computer hoch und öffnete eine neue Datei: *Akt Eins, Szene Eins. Einblenden.*

Vom Poolhaus aus sah man natürlich hauptsächlich den Pool. Über dem großen Panoramafenster befanden sich Lüftungsschlitze, die er offengelassen hatte, so wie er sie vorgefunden hatte. Sie ließen frische Luft herein. Sie ließen auch die Geräusche eines Schwimmers herein.

Einblenden.

Klänge einer Schießerei.

Wie konnte er an eine Schießerei auf einer dunklen, düsteren Straße denken, wenn die Geräusche eines California-Girls, das im Pool Runden schwamm, seine Konzentration störten. Er dachte daran, die Lüftungsschlitze zu schließen, aber das würde bedeuten, dass er vor dem Fenster stehen musste, und sie würde wahrscheinlich hören oder sehen, was er tat. Er wollte nicht, dass Ashley Carnarvon dachte, sie hätte irgendeine Auswirkung auf ihn. Er würde sich an die Ablenkung gewöhnen. Es war ein Poolhaus. Leute würden im Pool schwimmen.

Er nahm sein ledernes Tagebuch, in dem er sich Notizen machte, und schrieb auf, dass er sich Kopfhörer kaufen musste. Er hörte nie Musik während er arbeitete, aber würde diejenigen kaufen, die auch als Ohrenstöpsel verwendet werden konnten. Er machte sich eine dementsprechende Notiz und wandte sich dann wieder seinem Laptop zu.

Einblenden.

Klänge einer Schießerei.

Totale eines Lagerhauses. Innenaufnahme. Fleischverpackungsanlage.

Wirklich? Fleischverpackungsanlage? Wo hatte er Film studiert? An der Universität für Klischees?

Er löschte den Ausdruck.

Das Geräusch von spritzendem Wasser verlangsamte sich zu ein paar fallenden Tropfen. Er sah auf, ohne es zu wollen, und sah Ashley, wie sie sich in einer eleganten Bewegung aus dem Pool stemmte, die starke, schlanke Arme, einen muskulösen Oberkörper und ein Hinterteil betonte, das seinen Mund austrocknen ließ. Sie erhob sich und nahm sich ein großes, blaues Strandtuch. Er beobachtete, wie das Wasser ihren Körper hinunterlief. Einen prachtvollen Körper. Athletisch und muskulös. Nichts Zerbrechliches an ihr. Ihre ausladenden Brüste wurden in dem grünen Bikini zur Schau gestellt. Ein Nabelring funkelte in der Sonne.

Sie war eine gut gebaute Frau, mit Hüften und Oberschenkeln und Kurven genau dort, wo Kurven sein sollten. Als er sie anstarrte wie ein Vollidiot in einer Peepshow, hob sie ihre Augen und, bevor er seine Aufmerksamkeit wieder auf den Bildschirm seines Computers richten konnte, sah ihm direkt in seine. Er sah eine Herausforderung und einen Gesichtsausdruck, der laut und deutlich „was zum Teufel machst du" fragte. Wenn sie ein Kind wäre, würde sie ihn verspotten und sagen: „Warum machst du kein Foto? Dann hält es länger an." Aber sie waren keine Kinder. Und er war ziemlich sicher, dass er ein mentales Foto geknipst hatte, das viel länger anhalten würde als ihm lieb war.

ASHLEY LIEß sich Zeit und schlenderte langsam zurück zu dem Cottage, das sie mit ihrer Mutter teilte, wobei sie sich äußerlich so gab, als hätte sie keine Sorgen in der Welt, während sie innerlich vor Demütigung brannte. Es mochte ein ganzes Jahrzehnt vergangen sein, aber sie hatte nicht vergessen, wie sie Ben in dem Sommer, in dem er bei ihnen gewohnt hatte, nachgelaufen war. Sie war verrückt gewesen, hatte ihren Verstand seinetwegen verloren. Als Zwanzigjähriger war er ihr furchtbar erwachsen vorgekommen, und sie konnte sich gut daran erinnern, wie er ohne T-Shirt ausgesehen hatte, lachend, als er und Ted surfen gegangen waren. Er hatte sie nicht grob abgewiesen, obwohl sie so offensichtlich verrückt nach ihm gewesen war. Er war nett zu ihr gewesen, auf diese mir-tut-diese-arme-kleine-liebeskranke-Verrückte-leid, was irgendwie noch schlimmer gewesen war, als wenn er gemein zu ihr gewesen wäre. Auf diese Weise hätte sie sich wenigstens schneller von ihrer Verliebtheit erholt.

Nun, jetzt war sie erwachsen und glücklicherweise verlobt,

also konnte er sich seinen perversen Blick in den Hintern schieben. In dem einen Moment, in dem sie ihn dabei erwischt hatte, wie er sie angestarrt hatte, obwohl es durch ein Spiegelglasfenster gewesen war, hatte sie gewusst, dass er sie als Frau sah. Endlich. Er war immer noch heiß. Sogar noch heißer jetzt, da er wirklich erwachsen war. Aber sie würde bald heiraten und dieser heiße Drehbuchautor aus Hollywood konnte sie gleich wieder aus seinem Skript schreiben.

KAPITEL 4

ie arme Verwandte zu sein nervte, dachte Ashley, während sie in ihr Brautkleid aus zweiter Hand gepinnt und gepresst wurde. Der Vorteil war, dass das elegante Kleid viele tausende Dollar gekostet hatte und das Einzelstück einer Designerin war. Der Nachteil war, dass es an ihr schrecklich aussah.

„Und wenn man bedenkt, dass es noch nie getragen wurde", schwärmte ihre Mutter, die wie immer dankbar war für die abgelegten Dinge ihrer illustren Verwandten.

„Ich weiß nicht, ob das bei einem Brautkleid ein Bonus ist", sagte sie. Wer konnte das Drama und die Intrige vergessen, als die perfekteste Braut aller Zeiten, Kate Winton-Jones verschwunden war, kurz bevor sie in genau diesem Kleid hätte heiraten sollen, und Ted Carnarvon auf seinem selbstgefälligen Hintern hatte sitzenlassen? Ashley kicherte bei dem Gedanken daran. Die sonst eher gelassene Carnarvon-Familie war eine Weile interessanter gewesen als eine Reality-Show.

„Ich kann nicht glauben, dass du wirklich heiratest", fuhr ihre Mutter fort und tat so, als hätte sie den bissigen Kommentar nicht gehört. Ashley und ihre Mutter wandten das Konzept der kreativen Taubheit oft an, um ihre Beziehung problemlos zu gestalten. Ihre Mutter hatte einen wehmütigen Ausdruck in ihren Augen. Sie hatte nie eine Hochzeit gehabt; der Prinz, der Ashleys Vater war, war nicht lange genug Teil ihres Lebens gewesen, und aus irgendeinem Grund hatte Melody mit keinem anderen Mann eine Beziehung gehabt, die ernsthaft genug gewesen war.

„Ich auch nicht." Ihr wurde ein bisschen schwindlig, als sie sich in dem dreiteiligen Spiegel erblickte, aber das hätte von Mangel an Sauerstoff herrühren können. Sie musste mindestens eine Kleidergröße mehr haben als Kate.

Sie sah auf ihr Spiegelbild und fühlte sich, als hätte sie endlich ein Ziel in ihrem Leben vor Augen. Sie würde Eric heiraten, ihren Abschluss machen, irgendeinen Job finden, vielleicht Kinder haben.

Es war überraschend erfreulich, verlobt zu sein. Jeder sagte ihr nette Dinge und fragte, wo sie ihre Hochzeitsliste hatte, was bedeutete, dass sie Geschenke bekommen würde. Sie hatte noch nie ein eigenes Heim gehabt, und jetzt wählten sie und Eric alles von Besteck über Geschirr bis hin zu Bettdecken aus. Sie hatte darüber nachgedacht, eine Universität in einer anderen Stadt zu besuchen, aber es war zu teuer und ihre Mutter hatte nicht das nötige Geld. Sie wollte keinen Kredit aufnehmen, also blieb sie Zuhause und ging auf die örtliche Uni und arbeitete Teilzeit in einem Kaffeehaus.

Es lief ganz gut, aber die Vorstellung, einen Ehemann und ein neues Haus mit neuen Dingen darin zu haben war irgendwie berauschend.

In genau dem Moment schwebte Evangeline in den Ankleideraum ihres Salons auf dem Rodeo Drive. Obwohl Ashley sie in zahlreichen Zeitungen und im Fernsehen gesehen hatte, war Evangeline dennoch atemberaubend, als wäre sie direkt von einem Fotoshooting gekommen, um sich das Kleid anzuziehen.

Sie bewegte sich vorwärts. „Ich glaube nicht, dass ich jemals eine zweite Braut in einem meiner Kleider gesehen habe", sagte sie mit ihrem gestutzten britischen Akzent und schien über die Vorstellung nicht sehr erfreut zu sein.

Sie musterte Ashley mit ihren tiefen blauen Augen, bis sie sich kaum mehr davon abhalten konnte, sich vor Unwohlsein zu winden.

„Meine Inspiration war eine Lilie", sagte sie traurig.

Alle sahen auf ihr Bild im Spiegel. Sie sah nicht aus wie eine Lilie. Ihre Brüste waren zu groß und ihre Hüften zu rund. Diese Lilie brachte die Vase zum Zerplatzen.

„Wir können nichts daran ändern", sagte sie schließlich und wandte sich an Melody. „Zum Glück wird die gute Delores die Fotos machen. Die Frau kann einen Elefanten schlank aussehen lassen. Wirklich. Es ist wie ein Wunder."

Einen Elefanten?

„Wir sind wirklich froh darüber, dass wir sie für die Hochzeit bekommen konnten", sagte Melody. Dann, wie eine gute loyale Mutter, sagte sie: „Und ich denke, dass Ash in dem Kleid wunderschön aussieht."

„Natürlich. Aber nicht, da stimmen Sie mir sicher zu, wie eine Lilie." Die Designerin hob Ashleys Haare hoch und hielt sie auf ihrem Kopf fest. „Wenn Sie beim Friseur sind, sagen Sie Guillaume, dass ich die Haare auf dem Kopf aufgetürmt haben will. Hoch, hoch, hoch. Sagen Sie ihm, er wird vielleicht ein Haarteil verwenden müssen. Wir wollen die Illusion der Höhe erreichen." Sie zog Ashleys Haar hoch in die Luft und starrte ihre Reflexion kritisch an. „Ja. Gut."

Nach einigen schroffen Anweisungen an die zwei Näherinnen, die an dem Kleid arbeiteten, drehte sich Evangeline um und schwebte wieder aus dem Raum.

„Du lieber Himmel", sagte sie zu ihrer Mutter, „was für eine furchteinflößende Frau. Ich werde kein Haarteil tragen."

Ein Schauer lief über eine der Näherinnen, die damit beschäftigt war, die Nähte zu kennzeichnen, die ausgelassen werden mussten. Es war entweder Gelächter oder Panik, man konnte sich nicht sicher sein.

„Schhh", sagte ihre Mutter und sah sich um. „Wir reden später darüber."

„Ich gehe später aus. Und zum Glück wird es Alkohol geben."

Ihre Mutter grinste sie an. „Ich würde auch gern trinken gehen. Grace und die Hochzeitsplanerin kommen ins Haus und, mit Millicents Hilfe, werden wir beschließen, wo die Zelte und der Pavillon für die Hochzeit aufgebaut werden sollen."

„Braucht ihr mich dazu?"

„Willst du dabei sein?"

„Nein ... ich kümmere mich um andere wichtige Hochzeitsangelegenheiten. Als Erstes: ein Treffen mit den Brautjungfern."

„Werdet ihr euch betrinken, bevor du ihnen ihre Aufgaben mitteilst? Oder danach?"

Sie neigte ihren Kopf hin und her, als würde sie die Optionen abwägen. „Wir werden sehen."

Sienna und Whitney waren ihre zwei besten Freundinnen, und sie hatten immer schon davon gesprochen, Brautjungfern für jede von ihnen zu sein, die heiratet. Keine von ihnen hätte jedoch erraten, dass sie die Erste sein würde. Sie hatten ausgemacht, sich in einem ihrer Lieblingslokale im Stadtzentrum, Wainright's, zu treffen. Dort war Bier billig, die Ausstattung war funky und das Publikum war jung.

Sie traf als Erste ein und sicherte einen Tisch. Sienna kam ein paar Minuten später an. Ihr Haar war nass und es hingen einige Dinge aus ihrem Rucksack, die sie nicht richtig eingepackt hatte. „Sorry, bin ich spät dran?"

„Nicht sehr."

„Die Getränke gehen heute auf mich", sagte Sienna und winkte nach der Kellnerin. Whitney stieß genau in dem Moment dazu. „Champagner", verkündete sie. „Wir müssen feiern. Ich kann nicht glauben, dass du heiratest."

„Ich weiß."

Als der Champagner eingeschenkt wurde, sagte Sienna: „Auf

Ashley, weil sie heiratet, und auf Whitney und mich, weil wir die besten Brautjungfern sind."

„Auf uns", sagte Ashley und nippte an ihrem Getränk.

Whitney lehnte sich nach vorn. „Also, zeig uns den Ring."

Sie zeigte ihn ihnen und sie bewunderten den Solitär pflichtbewusst.

Die drei Freundinnen verfielen in ein angenehmes Gespräch und unterhielten sich über alles, was sich in ihrem Leben in letzter Zeit getan hatte, obwohl sie alle genug auf sozialen Netzwerken posteten, so dass es kaum etwas gab, worüber sie noch nicht Bescheid wussten.

Whitney absolvierte ihr Referendariat und unterrichtete nebenbei Yoga; sie lebte mit Bradley zusammen, der der bedürftigste Mensch war, den Ashley je getroffen hatte, von Neugeborenen einmal abgesehen.

Sienna war Praktikantin bei einem Musikmagazin und verbrachte viel Zeit auf Partys, weil es ein wichtiger Teil ihres Berufs war, wie sie meinte. Sie nannte es Netzwerken. Ashley nannte es sich auf Kosten der Firma zu betrinken. Nicht, dass sie sich beschwerte. Sienna hatte sie zu einigen Veranstaltungen eingeladen, und sie hatte dabei Riesenspaß gehabt.

„Ich bin so froh, dass ich Zeit mit euch verbringen kann. Mein Leben scheint von all den Leuten in Besitz genommen worden zu sein, die die Hochzeit organisieren", sagte Ashley.

„Ich weiß. Und wir sind hier, um dir zu helfen." Whitney sah aus, als hätte sie diesen Abend gern vermieden, wenn es möglich gewesen wäre. Sie musste wahrscheinlich Akten in der nach unten gewandten Hund-Position vorbereiten, während sie Bradley in den Armen wiegte und ihm sagte, dass alles gut werden würde. Bradley war ein strauchelnder Musiker, oder zumindest nannte er sich so, obwohl das hauptsächlichste Straucheln, das ihm zu schaffen machte, damit zu tun hatte, morgens aus dem Bett zu kommen.

„Ihr seid meine besten Freundinnen. Ich kann euch also alles erzählen, oder?", sagte sie und lehnte sich nach vorn.

„Ich wusste es!", rief Whitney Sienna zu. „Habe ich es dir nicht gesagt?"

Sie lehnte sich ebenfalls nach vorn und schob Ashleys Glas in die Mitte des Tischs. „Und du solltest in deinem Zustand nicht trinken. Liest du nie die Poster, die immer in öffentlichen Toiletten hängen?"

„Ich bin nicht schwanger!", schrie sie.

Ein Typ mit einem Bierkrug in jeder Hand ging vorbei. „Willst du es sein?", fragte er und sah aus, als würde er sich als Freiwilliger zur Verfügung stellen.

„Nein!"

„Okay. Solltest du deine Meinung ändern, ich bin dort drüben."

Völlig aus der Fassung gebracht griff sie nach ihrem Glas und trank einen Riesenschluck.

„Worüber wolltest du mit uns sprechen?", fragte Sienna, als ob ihr der Gedanke, dass Ashley schwanger sein könnte, nie in den Sinn gekommen war.

„Darüber, dass ihr euch das Datum notiert und wann wir uns Kleider für die Brautjungfern ansehen können."

Whitney holte ihr Smartphone aus ihrer Tasche. „Gut, ich notiere mir das Datum gleich. Wann ist die Hochzeit?"

„Samstag in sieben Wochen."

Whitney hielt inne und starrte sie an. „Und du bist sicher nicht schwanger?"

„Nein! Unsere Mütter sind völlig aufgeregt und scheinen die ganze Sache ohne uns zu planen."

„Das kommt oft vor", sagte Sienna. „Man sagt immer, dass es der Tag der Braut ist, aber nach allem, was ich gehört habe, ist es der Tag der Mütter."

Whitney nickte. „Okay. Aufgeschrieben. Und ich habe diese

tolle neue App für Brautjungfern gefunden, um Listen zu machen und zu planen, was wir alles zu tun haben."

„Großartig", sagte Sienna und holte ihr eigenes Handy hervor. „Schick mir den Link, damit ich sie auch runterladen kann."

„Kleider." Whitney seufzte. „Du hast nicht viel Zeit. Du musst zuerst dein Brautkleid kaufen."

„Ich habe schon ein Kleid. Evangeline hat es entworfen."

„Oh, ich liebe sie in diesem Film", sagte Sienna, „diesem britischen. Sie ist wunderschön. Ich habe gehört, dass ihre Brautkleider unmöglich zu bekommen und teurer als ein Facelift sind."

„Stimmt alles, aber ich habe ein Kleid von Evangeline."

„Heilige Scheiße. Wirklich? Eine echte, von Evangeline entworfene Kreation?"

„Ja." Sie trank mehr Champagner. Sie und Whitney und Sienna waren schon seit Kindheitstagen Freundinnen gewesen, aber wie die meisten ihrer Freunde, die in ihrem Bezirk aufgewachsen waren, waren sie reich. Obwohl sie wussten, dass sie es nicht war, war es doch manchmal schwierig zuzugeben, wie viele ihrer Dinge aus zweiter Hand kamen. „Erinnert ihr euch daran, dass mein Cousin Ted hätte heiraten sollen? Und es dann nicht getan hat?"

„Verdammt ja", sagte Sienna. „Im Golfclub wurde wochenlang darüber getratscht."

„Golfclub?", fragte Whitney.

„Meine Mutter und mein Vater sind verrückt danach."

„Wie auch immer", fuhr Ashley fort, „Evangeline hat das Brautkleid für Kate Winton-Jones entworfen, die Frau, die Ted hätte heiraten sollen."

„Ist sie nicht mit diesem Kerl durchgebrannt, den sie in einer Bar kennengelernt hatte?", fragte Sienna.

„Ich habe gehört, dass *er* mit einer Nutte durchgebrannt ist", antwortete Whitney.

„Wie auch immer, Tatsache ist, dass das Kleid bei Duncan und Millicent untergebracht wurde. Kate wollte es nicht haben und ihre Mutter wollte es nicht haben, also hat Millicent es mir für meine Hochzeit gegeben."

„Wow, ein nettes Geschenk."

„Das ist es wirklich. Ich hatte heute meine erste Anprobe." Sie zog ihr Smartphone aus der Tasche. „Meine Mutter hat ein paar Fotos von mir darin gemacht."

Sie griffen gierig nach ihrem Handy und steckten die Köpfe darüber zusammen. Whitney blätterte durch die vier Fotos, die ihre Mutter geknipst hatte. „Was für ein atemberaubendes Kleid", sagte Sienna schließlich.

„Sieht Scheiße an mir aus, oder?"

Sienna war eine schreckliche Lügnerin. Ihr Gesicht zog sich irgendwie zusammen und sie sah Ashley nicht an, als sie sagte: „Nein, es ist nur seltsam, dich so elegant angezogen zu sehen. Nicht wirklich dein Stil." Sie schüttelte den Kopf. „Ich kann nicht glauben, dass du ein Kleid von Evangeline bekommen hast." Sie sah auf. „Es wird also wirklich passieren, nicht wahr? Du und Eric?"

„Sieht ganz danach aus."

Whitney holte einen Tablet-Computer aus ihrer großen Tasche. „Also gut, lasst uns planmäßig vorgehen. Ich bin sicher, dass wir Brautjungfernkleider online bestellen können. Das ist viel zeitsparender als einen ganzen Tag mit Einkaufen zu verbringen."

Während sie auf ihrem Tablet nach Webseiten suchte, sagte Ashley: „Werdet ihr es zur Verlobungsfeier schaffen? Sie findet in zwei Wochen statt."

Whitney runzelte die Stirn. „Ich kann ein paar Termine verschieben und zumindest in Erscheinung treten."

Sienna nickte. „Ich werde auf jeden Fall dabei sein."

„Gut."

Dann lehnten sie alle ihren Kopf nach vorn. „Okay", sagte Whitney, „erzähle uns alles. Wo werdet ihr wohnen? Wohin gehen die Flitterwochen?"

Sienna hob ihre Augen von dem Tablet. „Du hast uns noch nicht einmal erzählt, was er bei seinem Heiratsantrag gesagt hat. Ich will alle Details hören."

Zum Glück – da Erics Antrag der unromantischste aller Zeiten war – war Sienna leicht abzulenken. „Der Typ dort rechts beobachtet dich total."

Sienna warf ihre Haare über ihre Schulter und war nicht sicher, in welche Richtung sie schauen sollte. „Wirklich? Dein rechts oder mein rechts?"

„Meins."

Während Sienna sich so ziemlich in der gesamten Bar umsah, sagte Whitney, die praktisch Veranlagte der beiden: „Da Ted jetzt nicht mehr im Poolhaus wohnt, meinst du, dass wir die Nacht der Verlobungsfeier dort verbringen können?"

Sie spürte eine Wärme ihren Rücken entlang kriechen, versuchte aber, cool zu wirken. „Nein. Habe ich euch das nicht erzählt? Ein Freund der Familie wohnt ein paar Wochen im Poolhaus."

„Welcher Freund der Carnarvons würde in einem Poolhaus wohnen?", fragte Whitney. Freunde der Carnarvons neigten dazu, Yachten oder andere Gutshäuser zu mieten, wenn sie eine temporäre Unterkunft benötigten.

Sie würden es sowieso herausfinden, da er zur Verlobungsfeier kommen würde, also sagte sie es so unbeschwert, wie es ihr möglich war: „Bennett Saegar. Der Drehbuchautor."

Sienna vergaß alles zu ihrer Rechten und starrte sie an. „Der Bennett Saegar, in den du verliebt warst und von dem du ständig gesprochen hast in dem Sommer, als wir alle, wie alt, siebzehn waren?"

„Fünfzehn. Ich war ein Kind. Ich habe ein bisschen für ihn geschwärmt."

„Oh, mein Gott. Sieht er immer noch so gut aus?" Sie wandte sich an Whitney. „Erinnerst du dich daran, wie sexy er war? Ist er jetzt nicht Drehbuchautor?"

„Er war super-sexy." Sie schaltete ihren Tablet-Computer wieder an und googelte ihn. Sie lachte laut auf. „Seht euch das an. Er ist auf der Liste der heißesten männlichen Autoren."

Sie reichte das Tablet an Ashley weiter, die nickte. „Ja, das ist er."

„Wie konntest du uns nicht sagen, dass die Liebe deines Lebens im Poolhaus wohnt?"

Ja, warum hatte sie das nicht getan? Wahrscheinlich, weil es völlig unwesentlich war. Sie zuckte mit den Schultern. „Er ist dort, um zu schreiben. Ich bekomme ihn kaum zu sehen." Außer jeden Morgen, wenn sie schwimmen ging. Er war normalerweise bereits mit seinem Drehbuch beschäftig und winkte ihr zu. Sie winkte zurück. Keine große Sache.

KAPITEL 5

*N*ach dem Abend mit ihren Freundinnen ging Ashley nach Hause. Bradley hatte Whitney vom Club abgeholt, und sie hatten sie mitgenommen und Zuhause abgesetzt. Sie schloss die Haupttüre, die sich in den großen Toren befand, auf und ging vorsichtig den Pfad entlang, der am Poolhaus vorbeiführte. Einige Zierlichter erhellten den Weg, den sie so gut kannte, dass sie ihren Weg in völliger Dunkelheit finden könnte.

Wenn das Poolhaus nicht bewohnt wäre, wäre sie versucht, sich auszuziehen und in das kühle Wasser zu springen. Sie war Millionen Mal nackt in dem Pool geschwommen. Onkel Duncan würde durchdrehen, wenn er es wüsste. Aber niemand wusste es. Es war ihr kleines Geheimnis. Jetzt, da Ben im Poolhaus wohnte, war Nacktbaden allerdings keine Option. Sie würde sich stattdessen vor dem Schlafengehen kühl abduschen.

Aber als sie am Poolhaus vorbeiging, hörte sie tiefe, unheilvolle Worte, die ihre Nackenhaare aufstehen ließen. „Warum sagst du mir nicht alles, was du weißt, und ich lasse dich schnell sterben?"

Ben hatte wahrscheinlich den Fernseher an. Sie schlich sich trotzdem um die Ecke, um in das Fenster zu spähen. Heilige

Scheiße. Ein Mann stand mitten im Wohnbereich. Und er hielt eine Pistole Beretta Kaliber 38. Er hielt sie auf jemanden gerichtet, der sich außerhalb ihres Blickfelds von ihrem Standort hinter den Büschen befand.

Scheiße. Sie hatte Schießen gelernt, als Ted daran Interesse gezeigt hatte und sie eingeladen hatte, mit ihm auf den Schießplatz zu gehen. Wie sich herausstellte, war sie eine gute Schützin, und zur großen Überraschung ihrer Familie, war das Schießen zu ihrem Hobby geworden. Sie wusste genug über Waffen, um wegen der Vorgänge im Poolhaus sehr nervös zu sein.

Sie suchte in ihrer Tasche verzweifelt nach ihrem Handy. *Die Polizei anrufen* pochte durch ihr Gehirn, aber ihr Handy war leer. Warum ging die Batterie immer dann aus, wenn sie ihr Telefon brauchte?

„Mach schon. Erschieße mich. Es wird dir nicht dabei helfen, das zu bekommen, wonach du suchst." Oh, nein. Das war Bens Stimme. Wusste er denn gar nichts davon, wie man überlebte? Er lebte in L.A.! Man machte den Kerl mit der Waffe nicht wütend!

Waffe. Genau. Sie raste zu ihrem Cottage und schnappte sich ihre Walther PPK. Munition. Sie lud die Pistole so schnell, dass mehr auf dem Boden als im Magazin landeten.

Sie sprintete zurück zum Poolhaus und ihr Herz pochte wild, da sie befürchtete, den Knall eines Schusses zu hören. Sie duckte sich vor dem großen Fenster, um hineinzuspähen. Gut. Niemand war tot oder verletzt. Der Kerl mit der Pistole sagte etwas mit tiefer Stimme. Höhnisch.

Sie hatte keine Ahnung, ob die Tür zum Poolhaus versperrt war, aber sie wusste, wo der Ersatzschlüssel aufgehoben wurde. Sie nahm ihn vorsichtig unter dem Blumentopf hervor, wo er versteckt gewesen war, so lange sie sich erinnern konnte. Ihre Hände zitterten, aber sie schaffte es, die Tür aufzusperren. Dann erinnerte sie sich an jede Unterrichtsstunde, die sie auf dem Schießplatz erhalten hatte. Tief atmen. Stillhalten. Dann schießen. Sie atmete tief. Ihre Nerven waren ihr Feind. Natürlich war es eine Sache, am Übungsplatz ruhig zu bleiben. Es war etwas völlig anderes, wenn das Leben einer Person in Gefahr war.

„Ich schwöre bei Gott. Wenn du mir nicht sofort sagst, wo du es versteckt hast, werde ich dich töten."

Mit dem Rücken zur Wand schlich sie sich in den Wohnraum. Sie konnte Ben nicht sehen, aber sie sah den Kerl mit der Waffe.

Sie zielte, dann befahl sie ihm von der Türschwelle aus, bevor er sie sehen konnte: „Waffe fallen lassen."

Der Kerl drehte sich um, sein Gesicht schockiert, seine Augen weit aufgerissen und sein Mund geöffnet. Aber er ließ die Waffe nicht fallen.

„Jetzt!", schrie sie, entsicherte die Waffe und rückte weiter in das Zimmer vor.

Sie hatte noch nie auf etwas geschossen, das lebendiger war als eine Tontaube, aber in diesem Moment, als jemand, der ihr etwas bedeutete, um sein Leben fürchten musste, wusste sie, dass sie dazu fähig war.

Der Kerl musste ihren todernsten Gesichtsausdruck richtig gelesen haben und ließ die Pistole fallen. Sie knallte auf dem Boden auf. Obwohl sie ihn nicht dazu angewiesen hatte, hob er seine Hände kapitulierend hoch. „Was zum ..."

Ben betrat den Raum. „Es ist in Ordnung", sagte er mit ruhiger Stimme zu ihr. „Du kannst die Waffe wieder sichern."

Aber sie war nicht von gestern. Sie durchsuchte das Zimmer mit ihren Augen. Mit der Pistole immer noch auf den Verbrecher gerichtet, der immer noch mit erhobenen Händen dastand, ging sie rückwärts auf die Tür zum Schlafzimmer zu, öffnete sie schnell und blickte hinein. Erst, als sie völlig sicher war, dass sich sonst niemand im Poolhaus befand, sicherte sie die Waffe wieder und senkte sie.

Ben hatte seine Augen nie von ihr abgewandt. Genauso wenig wie der Verbrecher. „Ist die Pistole geladen?", fragte er.

„Was soll ich mit einer leeren Pistole anfangen? Sie auf ihn werfen?", antwortete sie verächtlich.

„Du weißt, wie man mit diesem Ding schießt?"

Oh, wie sie sich wünschte, dass sie auf dem Schießplatz wären, so dass sie es ihm zeigen konnte. Sie starrte ihn stattdessen vernichtend an. Da Ben nicht zum Telefon eilte, um die Polizei zu rufen oder sich bei ihr dafür bedankte, sein Leben gerettet zu haben, musste sie annehmen, dass sie in irgendetwas hineingeraten war, das sie gar nichts anging.

„Wer ist die Verrückte?", fragte der Kerl und senkte seine Arme, jetzt, da sie ihre Waffe nicht mehr auf ihn gerichtet hatte.

„Ashley Carnarvon, darf ich dir Mike Konister vorstellen. Mike ist ein Schauspieler. Wir arbeiten an einer Szene für mein Drehbuch."

„An einer Szene?" Ihre Stimme war lauter, hauptsächlich, weil sie wütend war ... und in gleichem Maße beschämt. „Du verwendest eine Beretta, um eine Szene zu spielen? Solltest du es nicht mit einer Banane oder etwas Ähnlichem vortäuschen? Ihre Beine fingen an zu zittern und sie musste sich setzten, und die Tatsache, dass die beiden sie in diese peinliche Situation gebracht hatten, machte sie noch wütender. „Ich hätte dich töten können."

Ben sprach wieder. „Er versetzt sich gern wirklich in die Lage."

„Seine Lage war beinahe tot auf dem Boden."

Ben schien ehrlich interessiert zu sein. Er sagte: „Könntest du ihm nicht nur ins Bein schießen, oder in die Schulter?"

Der Verbrecher-Typ sagte: „Entschuldigung, aber ich stehe hier und diese Verrückte hat immer noch eine Waffe in der Hand."

Sie schüttelte den Kopf. „Viel schwieriger als du denkst. Wenn er sich bewegt, dann bewege ich mich auch, und die Pistole trifft ein bisschen zu weit links; es ist unmöglich ganz genau zu zielen. Die Regel ist, dass man, wenn man jemanden treffen will, auf die Mitte des Körpers schießt."

„Ich muss los", sagte Mike Konister. Er machte eine Bewegung, um sich zu bücken, starrte sie dann aber vorsichtig an.

„Wirst du mir meinen Kopf von den Schultern schießen, wenn ich das Ding aufhebe?"

Sie mochte ihn nicht, und sie dachte, dass er ein Vollidiot war, mit einer Pistole herumzufuchteln, während er mit Drohungen um sich warf, auch wenn er nur einen Dialog probte.

„Lass sie mich ansehen", sagte sie und ging zur Beretta, um sie aufzuheben, bevor er es konnte. Sie nahm das Magazin heraus. Es war leer. Gut. Sie gab ihm die beiden Teile zurück. „Mit einer Waffe zu spielen kann dich das Leben kosten", informierte sie ihn und hörte sich dabei wie eine Lehrerin an.

„Ich bin weg", sagte er.

„Danke, Mike. Ich rufe dich an."

„Wenn du die Szene wieder durchgehen willst, dann machen wir es bei mir." Und dann verließ er das Haus, nicht ohne die Tür hinter sich zuzuknallen.

Einen Moment lang herrschte völliges Schweigen. Sie sah jetzt die Seiten des Manuskripts, auf denen Zeilen durchgestrichen und mit der Hand ausgebessert worden waren, die überall auf dem Boden verstreut lagen. Ein guter Samariter war eine Sache, mit geladener Waffe in eine Drehbuchlesung zu stürmen war eine ganz andere Kategorie. „Ich sollte auch gehen."

„Warte", sagte Ben. „Ich bin ziemlich sicher, dass ich die Tür abgesperrt habe. Wie bist du hereingekommen?"

SIE DACHTE KURZ DARÜBER nach ihm zu sagen, dass er sich irrte, aber irgendwie wusste sie, dass er ihr nicht glauben würde. Sie nahm den Schlüssel aus ihrer Hosentasche, in die sie ihn nach ihrem Eintreten gesteckt hatte, und reichte ihn ihm.

Er sah auf den Schlüssel in seiner Hand. „Wo wird er aufbewahrt?"

„Unter dem Blumentopf. Der Dritte von links. Dort war er immer schon."

Er nickte und kniff seine Augen zusammen. Sie nahm an, dass

er nichts von dem versteckten Schlüssel gewusst hatte. Er ließ ihn ein paar Mal auf seiner Hand aufspringen. „Du weißt, dass ich Drehbücher schreibe, oder?"

„Deine Stellenbeschreibung ist mir momentan entfallen, als ich einen Kerl mit einer Waffe sah, der dich damit bedrohte." Sie dachte zurück an ihre Reaktion und ihr wurde bewusst, wie instinktiv sie gehandelt hatte, aber ihre Ehrlichkeit brachte sie dazu zu sagen: „Meine Gedanken flogen zu der Szene in *Kevin allein Zuhause*, in der der Junge sich alte Gangsterfilme ansieht, um die tollpatschigen Einbrecher zu erschrecken, aber als ich durch das Fenster sah, habe ich eine echte Pistole gesehen."

„Also bist du eingebrochen, weil du dachtest, mein Leben sei in Gefahr?" Er klang nicht dankbar oder beeindruckt, nur irgendwie überrascht.

Ihr war nicht danach, sich zu erklären oder zu verteidigen. Jetzt, da die Kampf-oder-Flucht-Reaktion vergangen war, wusste sie, dass Demütigung bald einsetzen würde. „Sieht ganz danach aus."

Er betrachtete sie einen Moment lang. „Du bist also immer noch total in mich verknallt, hm?"

Sie war von seinen Worten derart überrascht, dass sie spürte, wie ihr Mund offenstand. Dann sah sie das hinterhältige Blitzen in seinen Augen und wusste, dass er sie neckte. Sie hatte wahrscheinlich noch eine Menge Adrenalin loszuwerden, aber es schienen ihr die lustigsten Worte der Welt zu sein. Sie spürte ein laut schnaubendes Lachen in sich aufbrausen und versuchte nicht, es zu unterdrücken. Es tat gut zu lachen. Zu ihrer Überraschung stimmte er ein. Und ihr wurde bewusst, dass er genau das Richtige gesagt hatte, um die seltsame Anspannung zu lösen, die zwischen ihnen geherrscht hatte, seitdem er im Poolhaus eingezogen war.

Als ihr letztes Kichern abgeklungen war, sagte sie: „Ich war wirklich total in dich verknallt. Danke, dass du mich daran erinnerst, wie sehr ich mich blamiert habe, gleich nachdem ich versucht habe, dein Leben zu retten."

„Du warst ein nettes Kind. Aber ich war zu alt für dich."

Da sie sich nicht wirklich in Details einer Phase ihres Lebens verlieren wollte, die sie lieber vergessen würde, wechselte sie das Thema, um über etwas zu sprechen, das ihn interessieren würde.

„Du schreibst also eine Art Krimi?"

„Mehr eine dunkle Version der Justiz, und darüber, wo die Grenze zwischen Gut und Böse verwischt ist. Gute Polizisten, böse Polizisten, Drogenkriege, Revierkämpfe. Gefallen dir solche Filme?"

„Ich mag Filme, in denen Frauen vorkommen."

Er blinzelte sie an. „In meinem Film kommen Frauen vor."

„Kleine Korrektur. Ich mag Filme, in denen Frauen weder Opfer noch Dummchen sind."

„Warum denkst du, dass ich Frauen auf diese Art und Weise darstelle?" Er hörte sich verärgert an.

„Weil es das ist, was Männer tun, wenn sie Drehbücher für Filme wie den, den du beschrieben hast, schreiben."

Er ging zu seinem Computer und schlug auf die Tastatur ein. „Hier, komm her. Setz dich." Er nahm einen Korbstuhl und stellte ihn neben seinen, dann stellte er seinen Computer zwischen die beiden Stühle.

„Was machst du?" Sie blieb wo sie war.

„Ich suche eine Szene mit meiner weiblichen Hauptdarstellerin." Er blätterte durch die Seiten, und sie spürte eine Veränderung an ihm, sobald er sich auf die Worte auf dem Bildschirm konzentrierte, als hätte er sich von Ben, dem Typ, der im Poolhaus ihres Onkels wohnte, in Bennett Saegar, den Drehbuchautor, verwandelt. „Du kannst es lesen und mir dann deine Meinung darüber sagen, ob sich die weibliche Hauptdarstellerin glaubwürdig anhört."

„Wirklich?" Sie fühlte sich geehrt, dass er sie sein Skript lesen ließ. Und ein bisschen nervös, weil sie mit etwas herausgeplatzt war, das sie vielleicht bereuen würde.

Die Stühle waren idiotisch groß; sie kam sich vor wie in einem Thron aus Bambus, als sie sich hinsetzte. Das Gute daran war, dass die breiten Armlehnen sie und Ben auf Abstand hielten. Andererseits bedeutete es, dass sie sich näher an ihn lehnen musste, und das musste sie tun, damit sie beide auf den Bildschirm schauen konnten.

Ihre Gedanken flogen zu dem Resultat von Whitneys Internetsuche zurück, die ergeben hatte, dass Ben einer der heißesten jungen Autoren im Land war. Sie hatte keine Ahnung, wer derartige Listen erstellte, aber sie musste zustimmen. Besonders, wenn diese intensiven Schwingungen von ihm ausgingen; seine Augen intelligent und begierig und sein Haar zerzaust, wahrscheinlich, weil er es mit seinen Händen zerwühlt hatte.

Er schob den Laptop zu ihr und sagte: „Lies diese Szene und sag mir, was du davon hältst."

„Aber ich weiß nicht, worum es in deinem Film geht."

„Sie ist die Frau des Polizeipräsidenten und hat eine Affäre mit dem Anführer des Drogenrings, den er zu knacken versucht."

„Nette Dame." Aber sie las die Szene. Dann las sie sie noch einmal. Obwohl sie sich Bens durchbohrenden Blicks äußerst bewusst war, ließ sie sich nicht von ihm drängen oder nervös machen. Er hatte sie um ihre Hilfe gebeten, und sie wollte sie ihm geben. Außerdem, wenn sie schon die Möglichkeit hatte, einen männlich-orientierten Hollywood Film zugunsten von Frauen zu beeinflussen, würde sie sich diese nicht entgehen lassen.

„Und?", fragte er, als es ziemlich klar war, dass sie mit der zweiten Runde fertig war. Es gefiel ihr, dass er gespannt auf ihre Meinung wartete, so, als ob ihre Gedanken wirklich etwas bedeuteten.

„Wie alt ist diese Frau."

„Ende dreißig."

„Und warum schläft sie mit dem Drogentypen?"

Er lehnte sich zu ihr, konzentriert und sexy. Er trug ein blaues Hemd mit hochgekrempelten Ärmel, die kräftige Unterarme enthüllten, die bestimmt nicht vom Tippen so muskulös geworden waren. „Es hat als Rache-Sex angefangen, weil ihr Mann eine Affäre hatte und sie es ihm zurückzahlen wollte, so richtig zurückzahlen. Aber dann hat sie für den Drogenboss Gefühle entwickelt."

Sie nickte. „Sie wird sterben, oder?"

Er zuckte in seinem Stuhl zurück. „Wahrscheinlich, ja."

„Natürlich wird sie sterben. Frauen wie sie sterben in Filmen immer. Zuerst ist sie ein Dummchen, weil sie mit einem gefährlichen Mann schläft, der nicht nur ihre Ehe zerstören, sondern sie oder ihren Mann oder wahrscheinlich beide umbringen könnte. Dann wird sie zum Opfer." Sie schob den Laptop wieder zu ihm ohne „ich habe es ja gleich gewusst" zu sagen. Sie hatte das Gefühl, es wurde durch die erdrückende Stille zwischen ihnen deutlich genug ausgedrückt.

„Okay, Klugscheißer. Wie würdest du es machen?" Er hörte sich ein bisschen sauer an.

„Ich würde nie einen derartigen Film schreiben. Woher sollte ich es also wissen?" Dann gab sie nach. „Aber ich kann dir sagen, dass sie das niemals sagen würde." Sie lehnte sich über ihn und zeigte auf die Zeile auf dem Bildschirm, dann las sie sie laut vor: „Mit dir fühle ich mich wieder jung."

„Warum nicht? Sie fühlt sich mit ihm jung." Er schien wirklich an ihrer Meinung interessiert zu sein.

Er mochte einer der heißesten jungen männlichen Autoren des Landes sein, aber er hatte keine Ahnung von Frauen. „Meine Mutter ist siebenundvierzig, also ein Jahrzehnt älter als deine Heldin, aber sie ist ein gutes Beispiel. Deine untreue Ehefrau kommt gerade erst in die Phase ihres Lebens, in der das Alter sie langsam einholt." Sie streckte ihre Hände aus. „Du hast meine Mutter kennengelernt. Kannst du dir vorstellen, dass sie einem Mann, mit dem sie schläft, sagt, dass sie sich bei ihm wieder jung fühlt? Sie würde es vielleicht fühlen, tatsächlich würde sie es wahrscheinlich fühlen, aber sie würde sich eher den Kopf abbeißen, als ihr Alter ins Gespräch zu bringen. Frauen wie meine Mutter, und, ich glaube, wie die Frau hier, verabscheuen es, älter zu werden. Sie verabscheuen es, ihr gutes Aussehen zu verlieren. Also geben sie ein Vermögen für Gesichtsbehandlungen aus und melden sich bei Fitnessstudios an und entwickeln diese Phantasie, dass sie nicht älter werden."

Sie legte ihren Kopf zur Seite und dachte nach. „Sie spricht vielleicht mit den Frauen im Schönheitssalon über das Älterwerden, aber sie würde es nie zu einem Mann sagen, mit dem sie schlafen will."

„Was würde sie sagen?"

Sie spürte, wie sich ein Grinsen auf ihrem Gesicht breitmachte. „Ich weiß es nicht. Du solltest meine Mutter fragen."

„Witzig." Aber er sah nicht sehr erheitert aus.

„Es tut mir leid. Habe ich deine Szene zerstört?"

„Nein. Du hast sie wahrscheinlich gerettet, aber ich hasse die Tatsache, dass ich so blind gewesen bin." Er lehnte sich zurück. Und in dem Stuhl war es ein langer Weg zurück. „Ich glaube, ich bin wirklich dumm gewesen."

„Hey, es ist eine Zeile in deinem Dialog. Du übertreibst."

Er schüttelte den Kopf. „Nicht wegen diesem Satz. Ich denke, du hast recht. Ich habe Frauen in Kategorien eingeordnet. Verdammt, es ist mir nie aufgefallen. Ich hätte mir viel Ärger ersparen können, wenn ich es vor *Ravensong* bemerkt hätte."

Er rutschte auf seinem Stuhl herum, als würden sich ein Dutzend Bambusrohre in seinen Rücken bohren, was eindeutig möglich war, aber sie vermutete, dass ihm etwas anderes unangenehm war. „Hat das etwas mit dem Grund zu tun, aus dem du hier bist?"

„Du weißt wirklich nicht, warum ich hier bin?"

Sie schnaubte. „Denkst du, sie schicken aus dem Haupthaus Memos zu unserer Hütte, um uns mitzuteilen, was los ist? Ich wusste nicht einmal, dass du ins Poolhaus ziehen würdest, bis ich dich an dem Tag gesehen habe."

Ihr Tonfall enthielt einen Hauch von Bitterkeit, den sie normalerweise zu verbergen versuchte, aber bei Ben sah sie dafür keine Notwendigkeit. Er hatte sie als eine Fünfzehnjährige erlebt, die sich seinetwegen komplett zum Deppen gemacht hatte.

Kümmerte sie sich wirklich darum, ob er dachte, dass sie nicht herzergreifend dankbar dafür war, dass Onkel Duncan ihr und ihrer Mutter ein Dach über dem Kopf zur Verfügung stellte? Es war ja nicht so, als ob es nicht seinen Preis hätte.

„Ich habe eine Rolle für einen gewissen Filmstar geschrieben. Nicht einmal ein großer Filmstar. Ein Nachwuchstalent. Und was ich damit meine ist, dass ich Rollen in meinem Kopf vergebe, wenn ich ein Drehbuch schreibe. Es hilft mir dabei, die Rolle zu festigen. Also habe ich diesen Part mit einer Schauspielerin namens Vanessa Moore im Hinterkopf geschrieben. Dann habe ich dem Casting-Direktor dummerweise gesagt, dass ich sie in der Rolle gesehen habe. Als er sie dafür engagierte, hat er ihr wohl erzählt, dass ich die Rolle für sie geschrieben hätte." Er streckte seine Schultern, als wolle er zwei riesige Steine von ihnen abschütteln. „Vielleicht habe ich auch unrecht, und er hat es ihr nicht gesagt. Auch egal. Sie ist durchgedreht und hat beschlossen, dass ich in ihr innerstes Wesen blicken kann und ihr Seelenverwandter sein muss."

„Anfangs war es ein bisschen unheimlich. Sie hat mich überall hin verfolgt und versucht, mich allein zu erwischen. Sie hat jedem am Set erzählt, dass wir zusammen waren. Letzten Endes musste ich mich vom Drehen fernhalten. Auch wenn ich Änderungen vornehmen musste, bin ich nicht zum Set gegangen. Aber dann hat sie beschlossen zu sagen, dass ich sie benutzt und dann verschmäht hätte. Ich schwöre, sie hat genau die Worte verwendet. Und sie ist in mein Haus eingebrochen und hat einen Selbstmord vorgetäuscht. In meinem Bett."

„Oh, mein Gott. Wirklich?"

„Musst du so erfreut darüber klingen?"

Sie biss sich auf die Lippe. „Es tut mir leid, aber du musst es von meinem Standpunkt aus sehen. Lässt meine jugendliche Schwärmerei ziemlich unbedeutend erscheinen."

„Aber ... du warst nie vollkommen verrückt."

„Sie schon." Sie dachte nach. „Sie ist nicht gestorben, oder?"

„Nein, aber sie ist auch nicht schweigend vom Bildschirm verschwunden. Sie schimpft immer noch zu jedem, der ihrem Tratsch-Blog folgt. Man würde glauben, dass Leute Besseres zu tun hätten, aber diese Spinner fingen an, sich vor meinem Haus zu versammeln, und dann ist da dieser Abschaum, der Mist über Filmstars schreibt. Ich musste fliehen." Er hob eine Hand und zeigte im Poolhaus herum. „Meine Eltern sind in Europa, und ich würde sowieso nicht zu ihnen gehen. Zu offensichtlich. Aber Mom hat sich an Duncans Poolhaus erinnert und hat nachgefragt, ob es frei war, und er hat mich sofort eingeladen und gesagt, dass ich bleiben könnte, so lange ich wollte."

„Kannst du hier arbeiten?"

„Es ist ruhig, abgesehen von deinem teuflischen Wasserspritzen jeden Morgen."

Er sah sie an, während er es sagte, und ihre Augen trafen sich. Wenn sie ein Drehbuch schreiben würde, hätte sie etwas wie *Bumm, Krach* geschrieben, so wie in einem Comicbuch. Denn wenn er sie anschaute, war es genau das, was sie fühlte: ein *Bumm* und ein *Krach*. Der Gedanke ließ sie auf ihre Hand starren, wo das Glitzern des Diamanten sie daran erinnerte, warum *Bumm* und *Krach* schlechte Ideen waren.

„Ich werde deine Ruhe noch mehr stören", sagte sie. „Onkel Duncan und Tante Millicent schmeißen eine Verlobungsparty für mich."

Er blinzelte. „Du bist verlobt?"

„Ja. Mit Eric Van Hoffendam."

„Wow. Ich kenne ihn nicht, aber ich gratuliere dir." Er schien nicht zu enttäuscht darüber zu sein, dass sie für *Bumm* und *Krach* nicht zur Verfügung stand. Er schien erleichtert zu sein.

„Danke."

„Du scheinst mir nicht der Verlobungsparty-Typ zu sein." Und bis jetzt war er der Einzige, dem das aufgefallen war.

„Nun ja, ich habe mich verändert, seit ich fünfzehn war." Allerdings nicht in allen Dingen.

„Wann findet diese große Feier statt?"

„Nächsten Samstagabend. Ich weiß, dass du eine Einladung bekommen hast." Weil, obwohl die Party für sie veranstaltet wurde, Tante Millicent ihr aufgetragen hatte, die Kuverts für die Einladungen zu adressieren. Sie würde wetten, dass Cinderella nicht ihre eigenen Einladungen hatte schreiben müssen, nachdem sie sich den Prinzen geschnappt hatte.

„Ich habe meine Post noch nicht abgeholt." Er wischte sich mit der Hand über das Gesicht. „Tatsächlich habe ich nicht viel gemacht, außer hölzerne weibliche Rollen zu schreiben und mit Gangstern Szenen zu spielen, die echte Waffen benötigen, um die Rolle fühlen zu können. Du lieber Himmel, wann habe ich mich in einen derartig hoffnungslosen Fall verwandelt?"

„Du bist nicht hoffnungslos. Ich wette, dass Vanessa Moore, die wirklich ein Dummchen zu sein scheint, dich so wütend gemacht hat, dass es dir schwerfällt, deine nächste weibliche Hauptfigur zu erschaffen. Das ist alles."

„Ich sollte mich wirklich professioneller verhalten." Er drehte sich zu ihr um und runzelte die Stirn. „Und wann hast du dich in Wonder Woman verwandelt? Du warst ziemlich beeindruckend und viel authentischer als Mike Konister."

„Ich habe es nicht gespielt."

Er nickte. „Ich hätte nicht gedacht, dass uns jemand sehen würde. Es tut mir leid, wenn wir dich erschreckt haben."

Ihre Lippen zuckten. „Nicht halb so viel, wie ich Mike Konister erschreckt habe." Sie berührte ihre Pistole, die sie auf den Tisch gelegt hatte. „Ted und ich hatten diese Idee, schießen zu lernen. Onkel Duncan hat einen Freund, der einem privaten Club angehört, und er hat angeboten, uns zu unterrichten. Ted hat überhaupt keine Handaugenkoordination und hat schnell aufgegeben, aber ich war eine ausgezeichnete Schützin. Wir sind einen ganzen Sommer lang jeden Samstag in den Club gegangen und Wilt – der Lehrer und Freund meines Onkels – hat Onkel Duncan erzählt, wie gut ich war. Er hat mir die Walther zu Weihnachten geschenkt. Er nahm an, dass sie mir gefallen würde, da sie die Waffe von James Bond ist."

„Schießt du immer noch?"

„Klar, einmal im Monat oder so." Sie grinste ihn an. „Es hilft ausgezeichnet beim Stressabbau."

„Wow. Du könntest mein Waffenexperte sein."

Sie schüttelte den Kopf. „Aber ich kann dich Wilt vorstellen."

„Fantastisch. Wie wäre es dann, wenn du zustimmst, meine Skript-Beraterin zu sein?"

„Skript-Beraterin?"

„Ja." Sein Blick war entschlossen ... und viel zu sexy für eine Frau, die mit einem anderen Mann verlobt war. „Du kannst mir etwas über Frauen beibringen."

KAPITEL 6

*A*m nächsten Morgen weckte ihre Mutter sie mit den guten Nachrichten auf, dass Millicent sie zum Einkaufen mitnehmen wollte. „Sie möchte dir ein Kleid für die Verlobungsparty kaufen, was so nett von ihr ist."

Ashley gähnte und nippte an dem Kaffee, den ihre Mutter ihr gebracht hatte. „Warum kann ich mir nicht ein Kleid aussuchen und ihr dann die Rechnung schicken?"

Melody setzte sich auf das Bett. „Sie will es für dich tun. Bitte mach ihr die Freude."

„In Ordnung." Sie trank mehr Kaffee. Beinahe in eine Schießerei verwickelt zu werden, hatte ihr letzte Nacht den Schlaf geraubt.

„Du nimmst den Nasenstecker für die Party heraus, nicht wahr?", fragte ihre Mutter und sah sie schief an.

Was zum Teufel? „Nein. Ich nehme den Nasenstecker nicht für meine eigene Verlobungsfeier heraus."

Ihre Mutter warf ihr einen leicht nervösen Blick zu, und sie kannte ihn nur zu gut.

„Was hat Onkel Duncan dieses Mal gesagt?" Er war nur ihr Bruder, aber Melody behandelte ihn wie ihren Vater. Er war reich – Bravo – und er hatte ihnen ein Zuhause gegeben – auch Bravo – aber er versuchte immer wieder, ihr Leben zu kontrollieren. Irgendwie, obwohl er es nie geradeheraus gesagt hatte, vergaß sie nie, dass sie ihr Haus seiner Wohltätigkeit verdankte. Er sagte in der Öffentlichkeit gerne, dass sie für ihn wie eine Tochter war, aber wenn sie unter sich waren, hatte sie immer das Gefühl, dass er sie als Ergebnis einer üblen Beziehung sah, der er nie zugestimmt hatte. Nicht, dass sie ihm deswegen Vorwürfe machen konnte; ihr Vater war ein Arschloch. Aber sie konnte nicht verstehen, warum ein kleines Kind dafür zur Verantwortung gezogen werden konnte, sich schlechte Eltern ausgesucht zu haben.

Sie hatte das Gefühl, dass sie durch ihre Hochzeit mit Eric zum ersten Mal seine Zustimmung erlangt hatte.

Sie bezweifelte, dass er ihr eine elegante Verlobungsparty ausrichten würde, wenn sie in eine Familie einheiraten würde, deren Nachname nicht neben seinem in *Forbes* erschien.

„Nur, dass er es wirklich gern sehen würde, dass du ihn nicht zur Party trägst. Das ist alles."

Sie biss ihre Zähne zusammen. Meistens, wenn ihre Mutter ihr diesen Blick zuwarf, gab sie nach, weil ihre Mutter diejenige war, die mit Onkel Duncans Ärger umgehen musste. Aber es handelte sich hier um ihre Party.

„Mir gefällt mein Nasenstecker. Er passt zu mir. Und Eric gefällt er auch. Er ist schließlich derjenige, der mich heiraten wird, nicht Onkel Duncan." Brr, das war ein Bild, das sie nicht in ihrem Kopf haben wollte.

„Es ist nur für eine Nacht", versuchte ihre Mutter.

„Es wird ein großes, dummes Loch in meiner Nase hinterlassen. Das wird schlimmer aussehen als der Stecker."

„Wir können es mit einem Abdeckstift füllen."

„Nein."

„Bitte, Liebes, du wirst bald ausziehen und ich werde hier mit Duncan festsitzen. Du weißt, was für ein Tyrann er ist."

Und wie oft hatte sie nachgegeben, weil sie es natürlich wusste. Ihr Onkel war ein Tyrann. Er war überzeugt davon, alles besser zu wissen und umgab sich mit Menschen, die ihn in dem Glauben ließen. Er war auch davon überzeugt, dass Geld Macht war, und da er so viel davon hatte und sie nichts hatten, war es sehr schwierig, sich ihm zu widersetzen. Ihre Mutter hatte es vor langer Zeit aufgegeben und Ashley größtenteils auch.

Aber es handelte sich hier um ihre Verlobungsparty und nicht um eine der Veranstaltungen für ihren Onkel, zu denen sie hübsche Kleider anziehen und nette Dinge sagen musste. „Ich bin schon bei dem Brautkleid einen Kompromiss eingegangen. Ich werde den Nasenstecker nicht herausnehmen."

Das Brautkleid mochte ein „Geschenk" ihrer Tante Millicent sein, aber jedes Geschenk, das aus dem Haupthaus kam, hatte so viele Bedingungen an sich geknüpft, dass sie nie zu enden schienen.

Letztendlich willigte ihre Mutter ein, sich für den Nasenstecker einzusetzen, und sie willigte ein, Tante Millicent bei der Auswahl des Kleides für die Verlobungsfeier helfen zu lassen. Die drei fuhren in Millicents weißem Lincoln in die Stadt und hielten, ohne Ashley auch nur nach ihren Wünschen zu fragen, bei einer Boutique an, deren Schaufenster einen Würgereiz in ihr hervorriefen.

Die Kleider – und Damenanzüge – waren elegant und unaufdringlich. Ladylike und zurückhaltend war nicht Ashleys Ding. Ihr gefielen alternative Indie-Kleider, die von einer Person, vorzugsweise einer jungen, auf einem Notizblock in einer Garage oder am Strand entworfen worden waren. Vielleicht nähte der Designer oder die Designerin die Kleider sogar selbst. L.A. war voll von jungen, in die Zukunft führenden Designern, und jeder von ihnen würde sich über das Geld und Publicity freuen. Aber in einem Geschäft einzukaufen, das praktisch ein Modekonglomerat war, und in dem jedes Kleid wahrscheinlich von einem Komitee entworfen wurde, tat ihr in der Seele weh.

„Hier sind wir", sagte Millicent, als sie das Geschäft betraten. Eine Frau, die offensichtlich die Managerin war, kam auf sie zu. Sie sah wie eine ehemalige Schauspielerin aus, die es nie wirklich geschafft hatte und jetzt so tun musste, als wäre sie darüber erfreut, Frauen wie Millicent einzukleiden. Sie näherte sich ihnen eifrig, als würde sie befürchten, dass sie sich umdrehen und davonlaufen würden, wenn sie sie nicht festhielt. Sie wurde von einer zweiten Frau unterstützt, die wie jede andere Frau mittleren Alters in L.A. aussah: groß und blond mit blauen Augen und gleichmäßigen weißen Zähnen, und alle versuchten, so zu altern wie Christie Brinkley.

Sie begrüßten Millicent überschwänglich, die offensichtlich eine Stammkundin war, und wandten sich dann an Ashley. „Und Sie müssen die Braut sein", schwärmte die Managerin.

„Scheint so."

„Nun, sehen Sie sich um und lassen Sie mich wissen, was Ihnen ins Auge sticht." Dann sprach sie mit der anderen Frau. „Ist das nicht aufregend? Ich nehme an, Sie suchen auch etwas für die Verlobungsparty?"

Millicent sah eine Nanosekunde verlegen aus; offensichtlich war ihr nicht in den Sinn gekommen, dass sie vielleicht auch ein Kleid für Ashleys Mutter kaufen musste. Sie sagte: „Es ist Ashleys großer Tag. Aber wir sehen uns natürlich um."

Ashley ging auf den Ständer zu, auf dem frühlingshafte Kleider hingen, die so langweilig aussahen, dass sie befürchtete einzuschlafen, während sie sie durchsah. Millicent kam näher. „Sieh dir die Preise gar nicht an. Wie gesagt, ich lade dich ein."

„Danke", flüsterte sie zurück. Tatsächlich konnte sie die Preise ohne Lupe kaum sehen. Es handelte sich hier um die Art von Geschäft, in dem, wenn man nach dem Preis fragen musste, man sich nichts leisten konnte. Sie wollte sich hier nicht einmal etwas leisten können.

Sie starrte auf ein schwarzes Kleid, das an der Vorderseite einen silbernen Reißverschluss und ein metallisch glänzendes

Band um den Saum hatte. Sie dachte, sie könnte damit vielleicht etwas anfangen, wenn sie Stiefel und viel Lidschatten trug, als Millicent sie sanft, aber bestimmt in die andere Richtung schob.

„Nichts Schwarzes bei deiner Verlobungsfeier, Liebling." Und damit wurde sie zurück in das Gebiet der „passenden" Kleider geführt. Schließlich gab sie auf. Was für einen Sinn hatte es, sich gegen das Unvermeidbare zu wehren?"

Das Kleid, das Millicent auswählte – mithilfe der Managerin und ihrer Assistentin – und das, welches sie am wenigsten verabscheute, war ein seidenes Unterkleid in Pink mit einem Chiffonkleid darüber, dass aussah, als wären Dutzende von Blüten darauf gefallen und kleben geblieben. Der Rock war weit und fließend.

Als sie es anzog, kam sie sich vor, als würde sie ein Kostüm anziehen, um eine Rolle zu spielen. Natürlich war die Folter nicht vorüber, bevor sie nicht auch dazu passendes Paar Stöckelschuhe besaß. Als sie sich in dem dreigeteilten Spiegel betrachtete, dachte sie, *du lieber Gott, das Einzige, was fehlt, ist eine Perlenkette.*

Als hätte sie den Gedanken mit einem Pfeil direkt von ihrem in Millicents Gehirn geschossen, meldete sich Millicent zu Wort: „Oh, ich habe die perfekte Perlenkette. Ich werde sie dir ausleihen."

Als ihren Mund öffnete, um das Angebot abzulehnen, kam ihr ihre Mutter zuvor. „Nicht etwa die Perlen, die Duncan dir in Paris gekauft hat?"

Millicent tätschelte ihre Schulter. „Ashley ist meine Nichte."

Ihre Mutter, der offensichtlich bewusst war, dass Ashley keine Ahnung hatte, was an diesen Perlen so besonders war, sagte: „Diese Perlen gehörten einst Wallis Simpson, du weißt schon, die Amerikanerin, die Edward VIII geheiratet hat. Na ja, außer, dass er niemals zum König gekrönt wurde. Er hat stattdessen sie gewählt."

Sie erkannte an der unausgesprochenen Kommunikation, die

so laut wie Schreie von ihrer Mutter kam, dass sie die verdammten Perlen nehmen und dafür dankbar zu sein hatte. Und, ehrlich gesagt, wie viel schrecklicher konnte dieses Outfit sein? Obwohl, wenn jemand weiße Handschuhe erwähnen würde, würde sie durchdrehen.

Zum Glück tat es niemand. Sie bedankte sich bei ihrer Tante und sie verabschiedeten sich mit einem Karton und einer riesigen Tragetasche. Die Tasche war hellgrün mit einem goldenen verschnörkeltem Logo.

Als sie aus dem Geschäft traten, fühlte sie sich, als sollte ein Fahrer auf sie warten, der die Schachteln und Einkaufstüten im Kofferraum aufstapelte und sie dann zum Mittagessen fuhr. Aber ein Mittagessen stand offensichtlich nicht auf dem Tagesplan. Millicent fuhr sie nach Hause und ließ sie beim Cottage aussteigen, und sie bedankte sich noch einmal höflich.

Als sie das Cottage betraten, sagte sie: „Mom, wie konntest du zulassen, dass sie mir dieses Kleid aufdrängt?"

„Es ist ein wunderschönes Kleid", protestierte ihre Mutter.

Sie warf ihr ihren besten bösen Blick zu.

Ihre Mutter seufzte und ging in die Küche, wo sie ihnen beiden ein Glas Wasser eingoss. „Sie sind sehr großzügig uns gegenüber, und sie freuen sich darauf, diese Party für dich zu geben. Ist es wirklich wichtig? Die meisten Gäste werden Freunde von Duncan und Millicent und den Van Hoffendams sein. Wenn du mit deinen eigenen Freunden feierst, dann kannst du anziehen, was du willst."

„Vermutlich." Es fühlte sich trotzdem nicht richtig an, sich wie eine andere Person zu kleiden, nur um ihre Tante und ihren Onkel glücklich zu machen. Sollten sie nicht mit ihr zufrieden sein, so wie sie war?

Als ob das je vorgekommen wäre.

„Ich glaube, dass meine Hochzeit mit Eric das Erste ist, was ich je getan habe, das Onkel Duncan glücklich macht."

Ihre Mutter verzog das Gesicht. „Er ist glücklich, weil eine von uns heiratet."

„Wenn du mich fragst, dann hat es damit zu tun, dass Ted und Kate ihre Hochzeit abgesagt haben." Sie hatte viel darüber nachgedacht, warum ihre Tante und ihr Onkel so erfreut über diese Hochzeit waren. Die einzige Erklärung, die ihrer Meinung nach Sinn ergab, war, dass es eine Möglichkeit für sie war, vor ihren spießigen Freunden das Gesicht zu wahren, nachdem ihr eigener Sohn seine Verlobung nur ein paar Wochen vor dem großen Tag gelöst hatte.

„Vielleicht ein bisschen." Ihre Mutter drehte sich zu ihr um. „Aber ist es nicht nett, endlich einmal so behandelt zu werden, als wäre man jemand?"

Aber sie war noch nicht damit fertig, über Ted zu sprechen. „Ich habe ihn immer für eine Miniversion seines Vaters gehalten, aber er war die ganze Zeit über heimlich in eine Frau verliebt, die eine Stripperin gewesen war, oder eine Nutte oder etwas Ähnliches."

Ihre Mutter nickte. „Sehr *Pretty Woman*."

"Was auch immer. Kommt er zur Verlobungsfeier?"

„Ich weiß es nicht. Ich bin nicht sicher, dass er und Duncan überhaupt schon wieder miteinander sprechen."

„Irgendwie seltsam, nachdem sie in derselben Firma arbeiten."

„Ich weiß. Aber kann ich einen Moment lang furchtbar sein und sagen, wie angenehm es ist, den perfekten Ted nicht ständig als Musterkind vor Augen zu haben?"

„Macht dein höllisches Kind ein bisschen mehr annehmbar, hm?"

„Du bist nicht mein höllisches Kind. Du bist unkonventionell. So wie ich."

Und man sehe sich an, wie das ausgegangen ist.

„Ich hoffe, dass er kommt. Und ich hoffe, dass er die Stripper-Nutte mitbringt."

„Das würde er niemals tun."

„Vielleicht wird er mich in den Wallis Simpson Perlen sehen und sie mir vom Hals reißen und für seine Braut verlangen."

„Eine passende Frau, um sie zu tragen."

„Im Gegensatz zu mir." Sie konnte nicht genug Energie für einen wahrhaftig bösen Blick aufbringen, also begnügte sie sich mit einem finsteren Blick.

Ihre Mutter leerte ihr Glas Wasser, als wäre es Tequila. Vielleicht wünschte sie sich, dass es das wäre. „Ashley, hör zu, du weißt bestimmt, dass die Familie der Braut für die Hochzeit aufkommen muss. Ich habe nicht genug Geld, um dafür zu bezahlen. Nicht für die Art von Hochzeit, die die Van Hoffendams haben wollen. Sie haben angeboten, dafür zu bezahlten, aber ich will ihre Wohltätigkeit nicht. Millicent hat ziemlich stark angedeutet, dass sie und Duncan mit den Kosten helfen würden." Sie zuckte mit den Schultern. „Du bist ihre Nichte ... Ich würde lieber ihr Geld nehmen."

„Aber mir ist eine große Hochzeit nicht wichtig. Ich will nicht einmal eine. Und Eric genauso wenig."

Ihre Mutter sah sie auf die Art und Weise an, die andeutete, dass sie immer noch ein Kind war. „Glaube mir, wenn sich die Carnarvons und die Van Hoffendams verbinden, dann wird es eine große Hochzeit geben."

„Auch wenn die Braut und der Bräutigam das nicht wollen? Wo sind wir hier, im Mittelalter?"

„So ziemlich. Komm schon, sei ein einziges Mal pragmatisch. Ich war es niemals. Lerne aus meinen Fehlern. Wenn du ihnen erlaubst, eine große Hochzeit zu veranstalten, dann wird es sie glücklich machen und es wird die Van Hoffendams glücklich machen. Ihr werdet eine großartige Party haben und euer gemeinsames Leben wird einen guten Anfang haben."

„Und außerdem können sie den Caterern sagen, dass sie all das Essen auftauen können, das sie für Teds Hochzeit vorbereitet hatten."

Ihre Mutter trank mehr Wasser auf diese beunruhigende

Tequila-Weise. „Es wird viele sehr teure Geschenke geben, Dinge, die du dir sonst nicht leisten könntest. Du hast Cinderella gesehen. Das könnte dein Ticket aus dem Dienstbotenzimmer sein."

Sie lächelte. „Eric ist allerdings nicht wirklich ein Märchenprinz." Sie konnte sich nicht vorstellen, dass er ihr nachlaufen oder sie suchen würde, nur weil sie einen Schuh verloren hatte.

„Aber du liebst ihn, oder?" Seltsamerweise hatte sie das noch keiner gefragt.

„Ich nehme an. Wir kennen einander lange genug. Es gibt keine großen Überraschungen. Obwohl ich ziemlich überrascht war, als er mir einen Heiratsantrag machte, um ehrlich zu sein. Aber es ergibt Sinn. Unsere Freunde heiraten und er denkt darüber nach, sich einen echten Job zu suchen."

„Was genau bedeutet ‚er denkt darüber nach'?"

Mit seinen erbärmlichen Noten in der High-School hatte nicht einmal das Familienvermögen oder all ihre Verbindungen oder ihr Status als Vermächtnis-Familie der Ivy-League-Schule, die alle Familienmitglieder besucht hatten, ausgereicht, um ihm einen Platz an besagter Schule zu sichern. Er hatte letztendlich die Universität in Südkalifornien besucht und sich gerade so durchgeschlagen. Sie hatte ihm mit seinen Klausurarbeiten geholfen und seine Lehrbücher gelesen, um ihm beim Lernen helfen zu können. Er hatte immer gesagt, dass er seinen Abschluss nur gemacht hatte, damit seine Eltern ihn endlich damit in Ruhe ließen. Jetzt, da er seinen Abschluss hatte, übten sie natürlich Druck auf ihn aus, einen Job zu finden. Sie fragte sich, ob die Hochzeit ein Versuch war, seine Eltern von der Jobsuche abzulenken.

„Er wird einen Kurs für Börsenmakler besuchen."

„Wirklich? Ist er an der Börse interessiert?"

Tatsächlich hatte er ihr gesagt, dass es leichtverdientes Geld wäre und er den Großteil seiner Zeit damit verbringen würde, seine Klienten auszuführen, während die wirklich klugen Leute ihm sagten, welche Aktien und sonstige Dinge er empfehlen sollte. „Ja, er interessiert sich für die Finanzmärkte."

„Das ist gut. Manche Männer brauchen einfach länger, bevor sie das Leben ernst nehmen."

„Wahrscheinlich." Sie dachte immer noch über die Hochzeit nach. „Als er mich gefragt hat, habe ich nicht wirklich über die tatsächliche Hochzeit nachgedacht. Ich dachte, wir könnten vielleicht aufs Standesamt gehen und dort heiraten und uns dann mit ein paar Freunden treffen, um Bier zu trinken."

„Wenn du verheiratest bist, dann kannst du Bierpartys veranstalten, wenn du es immer noch willst. Bitte glaube mir, du wirst nur deine Energie verschwenden und Kopfschmerzen bekommen, wenn du versuchst, die Carnarvons und die Van Hoffendams aufzuhalten. Sie sind wie die Capulets und die Montagues, nur auf derselben Seite."

„Beunruhigend."

„Komm schon. Ziehen wir uns Klamotten an, die uns tatsächlich gefallen, und dann gehen wir einen Burger essen, nur wir zwei."

Sie wusste, dass ihre Mutter, wenn sie versuchte, einen *Gilmore Girls* Moment zu haben, sich entschuldigen wollte. „Okay, hört sich gut an."

Obwohl sie für einen Spanischtest lernen musste. Aber Lernen fiel ihr leicht, das hatte es immer schon getan.

KAPITEL 7

*E*s war der Abend ihrer Verlobungsparty, und das Gelände und die Gärten des Carnarvon Anwesens sahen schöner aus, als Ashley sie je gesehen hatte. Laternen mit Kerzen hingen von Bäumen und Lichterketten glitzerten. Zwei Bars waren in den Gärten aufgebaut worden und zwei im Haus, und Kellner im Smoking mit weißen Handschuhen trugen Tabletts mit Champagner und exquisiten Häppchen entlang der sich windenden Pfade. Sie hatte zuvor schon Partys beigewohnt, die ihre Tante und ihr Onkel veranstaltet hatten, und hatte sogar bei einigen selbst gekellnert, aber diese Party war tatsächlich für sie. Für sie!

Vielleicht war ihr Kleid traditioneller, als sie es ausgewählt hätte, aber sie war hier, mit einem wunderbaren, lebenslustigen Mann verlobt, und sie hatte die Nasenstecker-Diskussion gewonnen.

Leute, die sie nie zuvor bemerkt hatten, kamen auf sie zu und gratulierten ihr, boten ihr weiche, parfümierte Wangen zum Küssen an. Eric sah wie ein Märchenprinz aus, sein blondes Haar leuchtete im Mondschein wie altes Gold. Er hatte seinen Bart gestutzt und einen Smoking angezogen, von dem sie nicht einmal gewusst hatte, dass er ihn besaß. Als er sie ansah, fühlte sie sich, als erzählte er ihr einen Witz, den nur sie verstand. Als wären es sie beide gegen die Welt.

Er nahm ihre Hand in seine, ohne sie festzuhalten. „Du siehst hübsch aus."

Sie grinste ihn an. „Danke. Ich komme mir vor, als hätte ich mich mit den Kleidern meiner Mutter verkleidet, aber zumindest durfte ich meinen Nasenstecker behalten."

Er lehnte sich näher an sie. „Ohne ihn hätte ich dich nicht erkannt."

Es waren viele Geschäftspartner der Carnarvons und der Van Hoffendams unter den Gästen, aber es waren auch viele von Ashleys und Erics Freunden anwesend. Whitney und Bradley trafen ein und Whitney flüsterte Ashley zu, dass Bradley nicht kommen wollte. Er hatte panische Angst, dass sie ihn unter Druck setzen würde, ebenfalls zu heiraten.

Sienna kam mit ihren Eltern, die mit den Carnarvons befreundet waren. „Tolle Party", sagte sie und schnappte sich ein Glas Champagner von einem Tablett. „Irgendwelche interessanten Singles hier?"

Sie schaute sich um. „Über sechzig oder darunter?"

„Nach einigen von diesen ist es mir wahrscheinlich egal."

Melissa und Douglas waren hier und hielten Händchen, als wären ihre Hände zusammengeschweißt und sie je zu trennen würde permanenten Schaden hinterlassen. Ihre Hochzeit war für nächsten Sommer geplant. Melissa sagte: „Ich bin so froh, jemanden zu haben, der das Gleiche durchmacht wie ich. Ist es nicht toll, verlobt zu sein?"

Sie setzte ein strahlendes Lächeln auf. „Absolut."

Donovan und Kylie trafen kurz darauf ein. Beide kreischten, als sie sie sahen und kamen auf sie zugelaufen, um sie zu umarmen. Kylie sagte: „Ich kann nicht glauben, dass du und Eric heiraten werdet. Ich habe nicht einmal gewusst, dass ihr zusammen seid! Ich dachte, ihr wart, du weißt schon, Freunde mit gewissen Privilegien." Bei jeder anderen Frau hätten sich diese Worte gehässig angehört, aber Kylie war eine dieser Personen, die genau das sagten, was sie dachten. Es war unmöglich, sie nicht zu mögen. „Ich bin verrückt nach Eric", sagte sie und sah in Richtung der Bar, vor der er mit einigen seiner Freunde stand und sich unterhielt.

„Wer würde das nicht sein? Er sieht gut aus und ist reich", sagte Sienna. „Niemand hätte je gedacht, dass er sich niederlassen würde."

Melissa sah deutlich auf ihren Bauch. „Du bist nicht ..." Sie ahmte mir einer Handbewegung eine Rundung nach. „Du weißt schon."

Ashleys Gesicht verzog sich schockiert. „Schwanger? Nein. Ich sollte meinen Facebook-Status auf *Nicht Schwanger* ändern."

„Du solltest ihn zumindest auf *In einer Beziehung* ändern."

„Ich weiß. Ich vergesse es immer." Um die Wahrheit zu sagen wartete sie darauf, dass Eric seinen änderte.

Melissa sah sie immer noch seltsam an. „Es ist nur, weil wir dich und Eric bei einer Party gesehen haben, wann war das, Freitag? Und dann war am Dienstag eine Annonce über eure Verlobung in allen Zeitungen. Es schien ein bisschen übereilt, als gäbe es einen bestimmten Grund dafür?"

„Ich versichere dir, dass ich nicht schwanger bin. Ich glaube, die Van Hoffendams sind nur super organisiert. Ehrlich gesagt haben sie so ziemlich die gesamte Hochzeit bei unserem ersten gemeinsamen Abendessen geplant."

„Ich wünschte, sie würden meine Hochzeit planen", sagte Kylie. „Die Hochzeitsplanerin ist ein Albtraum. Sie will alles auf ihre Art und Weise regeln. Als wüsste sie alles besser, obwohl es meine Hochzeit ist." Sie stieß den Atem aus. „Wenn ich das nächste Mal heirate, brenne ich durch."

Sienna lachte. „Und das hört sich nur in L.A. normal an."

Melissa sagte: „Ich finde wirklich, dass wir drei zusammen

eine Junggesellinnenparty veranstalten sollten. Wäre das nicht toll?"

Sie kicherte. „Großartig." Besonders, da Whitney und Sienna noch nicht dazugekommen waren, etwas zu organisieren. Sie liebte ihre Freundinnen, aber sie vermutete, dass sie noch nicht über das Downloaden der App hinausgekommen waren.

„Mein Vater meint, wir könnten sein Boot benutzen; wir könnten eine Hafenrundfahrt veranstalten! Er würde das Personal und seinen persönlichen Koch schicken, um uns etwas zu kochen. Es gibt natürlich eine gut ausgestattete Bar, und danach können wir in einen Club gehen. Was hältst du davon?"

„Ja, klar. Warum nicht."

„Und? Habt ihr schon einen Veranstaltungsort gefunden?"

„Ich denke, dass wir die Hochzeit wahrscheinlich hier abhalten werden."

„Klar. Dieses Anwesen ist umwerfend. Und was ist mit einem Kleid? Hast du schon etwas ausgesucht?"

Sie konnte diesen legitim reichen Mädels nicht sagen, dass sie ein Brautkleid aus zweiter Hand tragen würde, also sagte sie: „Ich habe mich umgesehen, habe mich aber noch nicht entschieden. Und du?"

Melissas hübsches Gesicht verzog sich zu einem Stirnrunzeln. Sie senkte ihre Stimme: „Okay, ihr dürft mit niemandem darüber sprechen, aber meine Mutter hat Evangeline angerufen. Ihr wisst schon, sie ist diejenige, die Kleider für die Stars entwirft. Ich habe ein Interview mit ihr gehabt. Ich war in meinem Leben noch nicht so nervös. Ich habe den ganzen Tag im Schönheitssalon verbracht, meine Haare schneiden lassen, eine Gesichtsbehandlung über mich ergehen lassen, eine Maniküre, eine Pediküre, und professionelles Makeup. Wirklich alles. Sogar eine Ganzkörperverpackung, bei der man angeblich ein paar Kilos verliert. Und als ich bei ihrem Studio eintraf, nachdem sie mich eine halbe Stunde hat warten lassen, ließ mich Evangeline vor dem Spiegel posieren, dann im Kreis drehen und dann auf und ab gehen. Und dann sagte sie ‚Rufen Sie mich an, wenn sie fünf Kilo verloren haben, dann können wir weiterreden.'"

„Du lieber Himmel, das hat sie nicht gesagt."

Melissa nickte. „Und ob. Und jetzt, zusätzlich zu dem ganzen Hochzeitsstress, bin ich auf Diät." Sie rümpfte die Nase. „Ich hasse Diäten. Es hat genau die gegenteilige Auswirkung auf mich. Ich denke nur ans Essen. Seitdem ich Evangeline gesehen habe, habe ich zwei Kilo zugenommen."

Sie versuchte nicht zu lachen. Melissa war immer ein bisschen mollig gewesen, aber es passte zu ihr. „Such dir ein anderes Kleid. Douglas liebt dich so, wie du bist. Es ist ihm egal, ob du ein Kleid von Evangeline trägst."

„Ich weiß, dass du recht hast. Es ist wirklich mehr der Traum meiner Mutter als meiner. Sie will damit angeben können." Sie seufzte. „Du siehst übrigens toll aus. Schöne Perlenkette."

„Danke." Ashley dachte, dass Wallis Simpson einen viel kleineren Hals gehabt haben musste als sie, da sie sich fühlte, als würde die Kette sie ersticken. Aber sie wusste, wie sehr Millicent den Abend genoss.

Ashley mischte sich unter die Gäste. Sie unterhielt sich höflich mit Leuten, die sie kaum kannte und verbrachte Zeit mit ihren Freunden. Eric verbrachte mehr Zeit an der Bar als an ihrer Seite, aber daran war sie gewöhnt.

Sie stand in diesem märchenhaften Garten, in einem Kleid, dass um sie herum zu schweben schien, wenn sie sich bewegte, und sah einen der mit Kerzen beleuchteten Pfade entlang. Ein Mann trat aus den Schatten und kam auf sie zu. Ihr Herz setzte einen Schlag aus. Er schien aus dem Nichts zu kommen, eine mysteriöse und faszinierende Gestalt, und dann trat er ins Licht und sie erkannte Ben. Er trug einen modernen dunklen Anzug und sein Haar war ordentlicher, als sie es je gesehen hatte, aber seine Augen begegneten ihren und brannten wie die eines Raubtieres im Dschungel. Er kam näher auf sie zu und sie wartete auf ihn. Als ihr Herz gegen ihre Rippen zu stoßen drohte und Wallis'

Perlen sich anfühlten, als würden sie sie erwürgen, wurde ihr bewusst, dass ihre jugendliche Schwärmerei nicht ganz vergangen war. Er berührte sie immer noch.

„Du bist spät dran." Sie stemmte ihre Hände in die Hüften und neigte ihren Kopf zur Seite. „Hast du dich verirrt?"

„Ich war nicht sicher, ob ich es überhaupt schaffen würde. Ich war in Besprechungen."

„Kein Problem. Alles in Ordnung?"

„Ja, es wird alles in Ordnung sein. Du siehst übrigens gut aus. Ich gratuliere."

„Dafür, dass ich gut aussehe oder heirate?"

„Beides, nehme ich an."

Sie legte eine Hand auf seinen Arm und ihr Verlobungsring glitzerte. „Komm, ich stelle dich allen vor und besorge dir einen Drink."

Einen Moment lang widerstand er ihrer Hand, die ihn in Richtung des Hauses zog. „Bitte stell mich nicht vor. Ich bin nur gekommen, um dich zu sehen und mich kurz bei Millicent und Duncan sehen zu lassen."

„Stimmt. Ich habe vergessen, dass du dich hier versteckst. Wenn mich jemand fragt, wer du bist, werde ich einfach sagen, dass du ein geheimnisvoller Mann von Welt bist."

„Wenn du nicht ein hübsches Kleid tragen würdest, würde ich dich in den Pool schmeißen."

Sie lachte. „Damit würdest du mir einen Gefallen tun."

„Cinderella gefällt ihr Ballkleid nicht?"

„Ich komme mir vor, als wäre ich verkleidet."

„Das ist eine nette Perlenkette." Sie hatte keine Ahnung, ob er die Angewohnheit hatte, Perlen zu studieren, oder ober er sie verarschte, aber sie vermutete das Letztere.

„Sie wurden einst von einer Frau getragen, die einen König um seinen Thron gebracht hat."

„Im Vergleich mit dir ist sie eine Amateurin."

Sie hob ihre Augenbrauen als schweigendes *Was?*

„Sie war kein ausgebildeter Schütze wie du. Du hättest ihm eine Kugel ins Herz gejagt."

„Nun, ich hätte es nicht getan, aber ich hätte es tun können."

„Unterschätze dich nicht."

Ihre Augen trafen sich und sie erlebte einen dieser verrückten Momente, in dem sie sich fragte, ob er sie mochte oder sie nur neckte. Und wie sehr sie sich wünschte, dass er auch nur einen Mikrobruchteil von diesem Interesse an ihr gezeigt hätte, als sie ein Teenager war und es geliebt hätte. „Ich werde es versuchen."

Er sah aus, als würde er etwas sagen, als Grace Van Hoffendam ihren Namen rief. „Ashley, da bist du. Ich habe dich überall gesucht." Neben ihr war eine hübsche junge Frau ungefähr in Ashleys Alter, die sie noch nie zuvor gesehen hatte. Sie lächelten sich zur Begrüßung halbherzig an, während Grace Bennett schief ansah. Er hatte sie gebeten, ihn nicht vorzustellen, aber sie hatte keine andere Wahl. Sie hielt sich kurz. „Grace, das ist Ben, ein Freund der Familie."

Sie konnte ihrer zukünftigen Schwiegermutter nicht sagen, dass Ben einer der heißesten jungen männlichen Autoren im Land war, oder dass er im Poolhaus auf dem Anwesen wohnte.

„Es freut mich, Sie kennenzulernen", sagte er. Dann, nachdem ihm offensichtlich bewusst geworden war, dass Grace ihn nicht hierhaben wollte, fügte er hinzu: „Entschuldigen Sie mich. Ich muss Duncan finden."

Grace lächelte ihn majestätisch an. „Ich war gerade bei ihm. Er ist im Wintergarten und bespricht einen Terminkontrakt für Getreide mit meinem Mann."

„Danke", sagte Ben und schritt von dannen, als könnte er es nicht erwarten, Insidertipps über einen Terminkontrakt für Getreide zu bekommen.

Als er außer Sichtweite war, kam ihre zukünftige Schwiegermutter näher auf sie zu. „Ashley", sagte Grace und lächelte ihr einnehmendstes Lächeln, „ich muss dich um einen riesigen Gefallen bitten. Das hier ist Tasmine."

Die Blonde lächelte auf eine Art, die jeden Zahnarzt stolz machen würde, so gerade und weiß waren ihre Zähne. „So wie Jasmine, aber mit einem T."

„Verstanden."

„Tasmine ist eine Cousine von Eric, und es würde unserer Familie so viel bedeuten, wenn du sie einladen würdest, eine deiner Brautjungfern zu sein. Sie war schon bei einigen Hochzeiten Brautjungfer und ist eine durchaus erfahrene Hochzeitsplanerin."

„Wow", sagte Ashley und fühlte sich völlig in die Enge getrieben, womit Grace gerechnet haben musste, als sie den Wunsch im Beisein von Blondie aussprach. „Ich habe meine Brautjungfern schon ausgewählt."

„Aber wenn du noch eine hineinzwängen kannst, dann hoffe ich, dass du Tasmine in Erwägung ziehst." Sie lächelte die beiden an, als wäre es eine beschlossene Sache. „Und jetzt werde ich euch allein lassen, damit ihr euch besser kennenlernen könnt."

Nachdem Grace sich entfernt hatte, herrschte einen Moment lang unangenehmes Schweigen. Tasmine brach es. „Es tut mir leid. Ich weiß, dass Grace ein bisschen energisch sein kann, aber ich würde wirklich gerne bei den Vorbereitungen helfen. Eric und ich haben in unserer Kindheit oft miteinander gespielt, und es würde mir viel bedeuten, ein Teil der Hochzeit zu sein."

„Ich möchte nicht unhöflich sein, aber ich kenne Eric seit über zehn Jahren, und er hat dich kein einziges Mal erwähnt."

Tasmine schien nicht beleidigt zu sein. Oder überrascht. Sie lachte. „Eric war immer vergesslicher als ich, schon als kleiner Junge. Meine Familie ist weggezogen, als ich elf war, aber man vergisst seinen ersten Schwarm nicht wirklich."

Hinter Tasmine sah sie Ben, der an einem Getränk nippte, das wie ein Gin Tonic aussah, während er sich höflich mit Millicent unterhielt. „Nein, den Ersten vergisst man nie."

„Also, was meinst du? Habe ich eine Chance?"

Tasmines klare Form der Kommunikation gefiel ihr, also

versuchte sie, auf dieselbe Art und Weise zu kommunizieren. „Wie oft bist du schon Brautjungfer gewesen?"

Die Frau legte ihren Kopf zur Seite, als würde sie nachdenken. „Zehn. Nein, elf Mal."

„Wow, du bist wirklich erfahren. Wärst du also gut dabei, sagen wir, zwischen mir und meiner zukünftigen Schwiegermutter zu vermitteln?"

„Das ist der große Vorteil daran, mich als Brautjungfer zu haben. Ich kann diejenige sein, die Grace mitteilt", sie hielt eine Sekunde inne, um nach links und rechts zu schauen, dann senkte sie ihre Stimme, „dass sie, sollen wir sagen, ein bisschen zu sehr in die Planung involviert ist."

„Das würdest du tun?"

„Natürlich. Ich denke, es ist Teil des Jobs der Brautjungfer sicherzustellen, dass das Leben der Braut bis hin zum Hochzeitstag reibungslos verläuft. Ich muss nicht Teil des engen Familienkreises der Van Hoffendams sein, du aber schon. Also sollte ich die Rolle des Bösewichts übernehmen, angenommen, dass ein Bösewicht überhaupt notwendig ist."

„Wie oft hast du schon den Bösewicht bei einer Hochzeit spielen müssen?"

Die großen blauen Augen funkelten sie an. „Zehn. Nein, elf Mal."

Ashley konnte sich nicht helfen und musste lachen. „Du scheinst die perfekte Brautjungfer zu sein." Whitney und Sienna hatten sich gefreut, als sie sie gefragt hatte, aber sie hatten ihr nie ihre Dienste als Beschützer angeboten. Die Vorstellung davon gefiel ihr irgendwie. „Was würdest du sonst noch tun?" Sie hatte nie zuvor über Brautjungfern als irgendetwas anderes als ihre besten Freundinngen gedacht, die an diesem großen Tag an ihrer Seite standen. Der Gedanke an eine Brautjungfer, die tatsächlich hilfreich war, war neu und ziemlich aufregend.

„Oh, viele Dinge. Bei der letzten Hochzeit, bei der ich Brautjungfer war, hatten viele Gäste Lebensmittel-Allergien. Es war eine ungewöhnlich allergische Familie. Ich habe den Job der Vermittlerin mit dem Caterer übernommen. Ich habe auch die Zeitpläne aller Brautjungfern aufeinander abgestimmt, damit wir zusammen Kleider kaufen konnten. Außerdem habe ich die Junggesellinnenparty organisiert." Sie warf ihr Haar über ihre Schulter. „Wie du siehst, organisiere ich gerne. Es ist nicht wie arbeiten für mich, sondern ich genieße es."

So sehr es Ashley nervte, dass Grace sie in eine derartig unangenehme Lage gebracht hatte, indem sie sie in Tasmines Gegenwart gebeten hatte, sie als Brautjungfer zu engagieren, musste sie zugeben, dass Erics Kindheitsfreundin sich wie die ideale Brautjungfer anhörte. „Du bist nicht einer dieser Menschen, die freundlich wirken, sich aber als Psychopath herausstellen?"

„Das glaube ich nicht. Ich kann dir die Telefonnummern von einigen der Bräute geben, für die ich im Einsatz war. Ich bin sicher, dass sie für mich bürgen würden." Dann leuchteten ihre Augen auf. „Oh, Eric ist dort drüben. Ich habe ihn so lange nicht gesehen. Macht es dir etwas aus, wenn ich ihn begrüße?"

KAPITEL 8

*B*en war an eine Fantasiewelt gewöhnt. Er arbeitete schließlich im Filmgeschäft. Aber er hatte selten ein derartiges Gefühl der Unwirklichkeit erlebt wie bei Ashley Carnarvons Verlobungsparty. Er konnte nicht genau sagen warum, aber die gesamte Veranstaltung fühlte sich inszeniert an. Mehr als nur inszeniert in dem Sinn, dass man Caterer anheuert, um Essen zuzubereiten, das man normalerweise nicht aß, oder unbequeme Kleider trug, oder eine Menge Laternen in Bäume hing. Es gab einen Anschein von Unwirklichkeit.

Die ganze Angelegenheit faszinierte ihn, also blieb er länger als geplant. Er erkannte außerdem, dass er in letzter Zeit zu viel gearbeitet hatte, ohne genug Pausen zu machen, und dass es wahrscheinlich gut für ihn war, sich unter andere menschliche Wesen zu mischen.

Er plauderte mit Millicent und dann, da Duncan zuletzt im Wintergarten gesehen worden war, folgte er einer Reihe funkelnder Lichter entlang eines abgelegenes Pfades. Er war nur aus Respekt und Dankbarkeit für Duncan und Millicent Carnarvon auf der Party erschienen, die so nett waren und ihn in ihrem Poolhaus wohnen und sich dort verstecken ließen. Er wollte außerdem Ashley unterstützen und sich einen Eindruck von dem Mann machen, den sie heiraten würde.

Er betrat den Wintergarten und war beindruckt, wie er es immer an derartigen Orten war, von dem Geruch nasser Erde. Sobald er im Inneren angelangt war, fühlte sich seine Haut klebrig von der Luftfeuchtigkeit an. Soweit er erkennen konnte, war niemand dort. Er fragte sich, ob Grace Carnarvon ihn nur hierhergeschickt hatte, um ihn loszuwerden. Aber als er ein paar Schritte weiterging und sich einen Weg um einige blühende Orchideen bahnte, hörte er gedämpfte männliche Stimmen und erkannte eine davon als Duncans. Terminkontrakte für Getreide mussten eine ernste Angelegenheit sein, dachte er, als er die Ernsthaftigkeit in Duncans Stimme hörte. Dann erkannte er die Worte und runzelte die Stirn.

„Wenn Richter Bailey nicht alle Anklagen fallenlässt – und zwar voll und ganz – wird dieser Deal platzen."

„Ich kann dir versichern, dass alle Arrangements getroffen wurden. Du musst dir um nichts Sorgen machen."

„Es geht hier um meine Familie. Niemand legt sich mit meiner Familie an."

Ein Hauch von Irritation war in der Stimme des anderen Mannes zu erkennen, von dem er annahm, dass es sich um Charles Van Hoffendam handelte. „Sie hätte nie eine derart gute Partie gemacht, wenn es nicht ungewöhnliche Umstände geben würde. Glaube mir, mit meiner Familie legt man sich auch nicht an. In diesem Fall helfen wir uns und unseren Familien gegenseitig. Lass uns ehrlich sein, wir profitieren beide davon."

Einen Moment lang herrschte Schweigen. Ben stand völlig still und wusste, dass er in etwas hineingeplatzt war, das nichts mit Terminkontrakten für Getreide zu tun hatte. Er war sich nicht sicher, wie er sich entfernen sollte ohne Aufmerksamkeit auf sich zu lenken. Er hörte ein kratzendes Geräusch und dachte, dass einer der Männer – wahrscheinlich Duncan – einen Blumentopf verschob. Weder Duncan, noch Millicent verbrachten viel Zeit in dem Wintergarten, soweit er erkennen konnte. Es schien, als würden sie jemanden einstellen, um mit den Orchideen und den anderen Pflanzen herumzugärtnern, genauso, wie sie Leute einstellten, um alle anderen alltäglichen Arbeiten ihres Lebens zu erfüllen.

Er hatte den Eindruck, dass Duncan den Blumentopf herumschob, um etwas zu tun zu haben. Letztendlich sagte Duncan: „Also gut. Ich vertraue darauf, dass du dich um alles effizient und diskret kümmerst. Und darauf, dass es in der Zukunft keine weiteren Zwischenfälle gibt."

„Natürlich."

„Was ist mit den Zeitungen? Den Medien?"

„Mach dir darüber keine Sorgen. Ich habe alles unter Kontrolle."

Er konnte im düsteren Licht erkennen, wie die zwei Männer Hände schüttelten. „Wir sollten zurück zu unseren Gästen gehen. Du weißt, dass wir angeboten haben, für die Hochzeit zu zahlen. Melody ist eine nette Frau und will natürlich das Richtige für ihre Tochter tun, aber, nun, wir sind eine gewisse Qualität gewohnt. Unsere Gäste, von denen manche meine Geschäftspartner sind, haben gewisse Standards, die eingehalten werden müssen."

Die beiden Männer machten sich auf den Weg zurück ins Haus durch eine Türe auf der anderen Seite, so dass Ben weiterhin unentdeckt blieb. Er war nicht unbedingt daran interessiert, zu spionieren, aber er hatte das Gefühl, dass jeder in Verlegenheit gekommen wäre, wenn er auf sich aufmerksam gemacht hätte, also nahm er den einfachen Ausweg und stand still. Als die beiden Männer den Wintergarten verließen, hörte er, wie Duncan mit einem Hauch von Sarkasmus sagte: „Ich denke, du hast im Moment genug Ausgaben. Mach dir keine Sorgen, Millicent und ich werden uns um die Kosten der Hochzeit kümmern. Wir haben keine Tochter. Ashley ist das Nächstbeste, das wir haben. Wir freuen uns, ihr einen guten Start ins Leben ermöglichen zu können." Dann verwandelte sich sein erhabener Tonfall zu einem verachtenden: „Und der Himmel weiß, dass ihre Mutter keinen Cent auszugeben hat."

„Und der Vater?"

„Nicht Teil ihres Lebens", antwortete er kurz.

Er hörte, wie die Tür ins Haupthaus geöffnet und dann hinter den beiden Männern geschlossen wurde, und dann hörte er nichts mehr.

Wow. Das war ein interessantes Gespräch gewesen. Er war sich nicht ganz sicher, was er gerade belauscht hatte, aber der gesamte Inhalt des Gesprächs beunruhigte ihn. Was hatte Richter Bailey mit all dem zu tun? Der Richter war ein alter Familienfreund der Carnarvons und auch seiner Familie. Tatsächlich hatte er angenommen, ihn heute Abend hier zu sehen, und hatte sich darauf gefreut. So wie er sich darauf freute, die Freunde seiner Eltern hin und wieder zu sehen.

Duncan Carnarvon und der Mann, von dem er annahm, dass er Eric Van Hoffendams Vater gewesen war, hatten sich so angehört, als wäre die Hochzeit ein Geschäftsabschluss. Sie hatten sogar das Wort Profit erwähnt, im gleichen Atemzug wie etwas aus den Medien halten zu müssen. Als momentanes Objekt des allgemeinen Medieninteresses würde er dies nur zu gerne selber tun.

Seine Gedanken wirbelten herum, als er sich umdrehte und den Wintergarten auf demselben Weg verließ, auf dem er ihn betreten hatte. Er nahm einen Umweg und kam aus der Richtung des Strands zurück, damit niemand erahnen konnte, woher er tatsächlich gekommen war.

Der kurze Spaziergang erlaubte es ihm, über das ungewöhnliche Gespräch zwischen den beiden Männern nachzudenken. Und da er ein Geschichtenerzähler war, fing er natürlich damit an, die Möglichkeiten des Gehörten zu verflechten. Die meisten davon waren völlig absurd, was typisch für das wahre Leben war. So viele Dinge, die im echten Leben passierten, würden sich als

Drehbuch niemals verkaufen, da sie zu unwahrscheinlich waren. Manchmal hatte er das Gefühl, dass Filme der Realität näher waren als die Realität.

Als er den Pfad hinaufspazierte, der am Strand vorbeiführte, kam er bei dem Cottage vorbei, in dem Ashley und ihre Mutter wohnten. Er wurde für eine Sekunde in die Vergangenheit zurückbefördert, als er sich daran erinnerte, wie er auf seinem Weg zum Strand, um dort zu surfen, an dem Zimmer, das eindeutig ihres gewesen war, vorbeigehen musste. Er fand schnell heraus, dass sie ihm auflauerte, denn sobald er an ihrem Fenster vorbeiging, hörte er auch schon das Geräusch eines Schiebefensters, das geöffnet wurde. Kurz darauf würde sie ihm nachlaufen, um ihn einzuholen, und sich dabei lässig geben, als wäre es reiner Zufall, dass sie zur selben Zeit zum Strand ging.

Vielleicht lag es nur an der Erinnerung an das schmerzlich verwundbare junge Mädchen, das so sehr für ihn geschwärmt hatte, aber er spürte eine aufrichtige Zuneigung zu ihr. Natürlich war sie mittlerweile erwachsen geworden, schien eindeutig auf sich selbst aufpassen zu können und war bestimmt längst über ihre Gefühle für ihn hinweggekommen. Aber er würde sie trotzdem beschützen, wenn sich die Gelegenheit bot. Außerdem war er nun neugierig. Nicht nur, um herauszufinden, ob Richter Bailey heute Abend anwesend war, sondern er war auch entschlossen, ein paar Minuten damit zu verbringen, den Bräutigam kennenzulernen.

As er dem Haupthaus näherkam, suchte er in der Menge nach dem Richter, aber es war unmöglich, eine einzelne Person zu finden. Gruppen von Leuten standen im Garten, und andere gingen durch die offenen Türen ständig aus und ein. Er könnte den ganzen Abend damit verbringen, nach jemandem zu suchen, ohne ihn je zu finden.

Kurz darauf erspähte er Millicent und wusste, sie würde ihm die Suche erleichtern. „Was für eine tolle Party", sagte er.

Sie schenkte ihm das geübte Lächeln einer guten Gastgeberin.

„Ich bin so froh, dass du dich amüsierst. Hast du schon etwas gegessen? Im Esszimmer ist ein großes Buffet aufgebaut."

„Großartig, danke. Ich habe gehofft, mich mit Richter Bailey unterhalten zu können. Ich bin sicher, dass er hier ist, da er ein so guter Freund der Familie ist, aber ich kann ihn nicht ausfindig machen."

Sie ließ die Maske der Gastgeberin eine Sekunde lang fallen. „Ich habe auch erwartet, dass er kommen würde. Er ist Teds Patenonkel und praktisch Teil der Familie. Aber er hat abgesagt. Offensichtlich war ein Wochenendausflug nach New York mit seiner Frau wichtiger."

„Vielleicht wird ein neues Ballett aufgeführt. Du weißt, dass sie nie eine Premiere verpassen."

„Nun, wenn es das ist, dann habe ich noch nichts davon gehört." Dann nahm sie wieder die Gastgeberrolle ein. „Lass mich dich ein paar Leuten vorstellen. Nicht, dass wir irgendjemanden aus der Filmbranche kennen, aber man weiß nie, welche Verbindungen sich als nützlich erweisen könnten."

„Das ist wirklich nett von dir", sagte er und machte bereits einen Schritt rückwärts, „aber ich versuche, mich unauffällig zu verhalten. Ich bin nur vorbeigekommen, um Ashley alles Gute zu wünschen und dich und Duncan zu begrüßen."

„Wie freundlich von dir. Und wie geht es deinen Eltern?"

„Ausgezeichnet. Ich habe gestern mit meiner Mutter telefoniert. Sie sind in Paris, aber bald auf dem Weg nach Italien, und sie denken darüber nach, ein paar Tage in Prag zu verbringen, bevor sie wieder nach Hause kommen."

„Wunderbar. Bitte lass sie lieb von mir grüßen, wenn du wieder mit ihr sprichst."

„Das mache ich gerne. Und jetzt werde ich mir dieses Buffet näher ansehen."

Er ging hinein und machte sich in Richtung des Esszimmers auf. Wie er vermutet hatte, war der lange Tisch mit Essen beladen und enthielt alles von hauchdünnem geräucherten

Lachs bis hin zu Steaks, Salaten und winzig kleinen Dingen, die viel zu kunstvoll aussahen, um gegessen zu werden. Er häufte einen Teller voll, da er sich in letzter Zeit mehr auf das Schreiben konzentriert hatte als darum, für sich zu kochen. Er plauderte außerdem ein paar Minuten mit einer heißen Rothaarigen, die genauso bereitwillig mit ihm flirtete wie er mit ihr. Nicht, dass sich daraus etwas ergeben konnte, ermahnte er sich selbst. Lester hatte ihm ziemlich genaue Anweisungen diesbezüglich gegeben. Keine Frauen für den armen Ben. Nicht, bevor Vanessa nicht ein neues Opfer am Haken hatte.

Nachdem er einen zweiten Teller voll mit diesem wunderbaren Essen verputzt hatte, blieb er bei der Bar stehen, um sich einen Scotch zu gönnen, bevor er sich zu seinem Computer und dieser einen Szene, die ihm Schwierigkeiten machte, zurückziehen würde.

Eine Gruppe junger Männer in Ashleys Alter waren um die Bar versammelt und scherzten und benahmen sich generell wie Idioten. Er war vor einigen Jahren vielleicht auch ein derartiger Idiot gewesen, aber er hoffte nicht.

Im Mittelpunkt der Gruppe war ein blonder Kerl mit einem dümmlichen Grinsen auf dem Gesicht und halb zugefallenen Augen, wahrscheinlich von zu viel Alkohol.

„Ich kann nicht glauben, dass du dich fesseln lässt, Mann", sagte ein anderer halbbetrunkener Typ zu dem blonden Kerl. Sein Interesse war erweckt. Es musste sich um den berühmten Eric handeln.

„Ich weiß."

„Hast du sie geschwängert oder so etwas?"

Er schüttelte den Kopf und lehnte sich an einen Baum, als würde er für Männermode werben.

„Es ist nicht einer deiner Streiche, oder?" Der Typ sah sich um, während sich langsam ein Grinsen auf seinem Gesicht ausbreitete. „Es wäre nämlich ein guter. Die Carnarvons dazu zu bringen, diese Party zu schmeißen und dann sagen, ha, reingefallen, es war nur ein Scherz."

Ben spürte, wie sich seine Nackenhaare aufstellten. Ashley Carnarvon war zehnmal besser als jeder dieser Ärsche, die gerade versuchten herauszufinden, warum irgendein selbstzufriedener kleiner Pisser sie heiraten wollte.

„Ashley ist ein tolles Mädchen", sagte Eric. „Es ist kein Scherz."

„Wie auch immer, ich weiß sowieso nicht, wie du deinen letzten Streich je übertreffen kannst."

Diese trägen Augen öffneten sich ganz, und Ben machte einen Schritt nach vorn, um seinen Scotch zu bestellen, als hätte er nicht gerade gelauscht, was sich heute Abend zu einer schlechten Angewohnheit zu entwickeln schien.

Eric sah ihn kurz an und sagte dann: „Toad, ich muss mit dir reden." Er schaute Ben an. „Lasst uns hineingehen. Du auch, Slade."

Die beiden Auserwählten marschierten hinter dem Typen her, von dem er sicher war, dass es sich um Eric Van Hoffendam handelte. Sie hatten einen der Gruppe zurückgelassen, und Ben bemerkte, wie er dem Trio nachstarrte. Wenn er ein Hund wäre, würde er seinen Schwanz einziehen.

Der Barkeeper reichte ihm seinen Scotch in einem schweren Glas. Keine Plastikbecher bei dieser Gartenparty. Er gesellte sich zu dem verlorenen Hundebaby. „Eric spielt immer noch gerne Streiche, nicht wahr?", fragte er.

Ein tiefes Lachen antwortete ihm. „Oh ja. Er ist dafür bekannt. Und meistens treffen sie einen völlig überraschend."

Er nippte an seinem Drink. Nichts weiter als zwei Männer, die sich unterhielten. „Hat er dich je erwischt?"

„Nicht wirklich, aber einmal hat er meinem älteren Bruder Todd einen Streich gespielt. Er ist derjenige, den Eric Toad nennt. Er hat Toad und Slade und ihre anderen Freunde dazu gebracht, nackt durch die Schule zu laufen, während der

Direktor eine Rede hielt. Er tat so, als würde er auch mitmachen, also sind alle nackt vor dem Direktor vorbeigelaufen, und Eric hat sie gefilmt."

„Und sie wurden erwischt, während er davongekommen ist?" Was für ein Prinz.

„Nein, er hat alles zugegeben. Sie wurden alle für zwei Tage suspendiert. Oh, und ein anderes Mal hat er Wodka in die Wasserflaschen des Footballteams getan. In jede einzelne. Die Jungs kippten natürlich die halbe Flasche hinunter, bevor sie es bemerkten."

Ben tat so, als würde er es lustig finden. „Ich nehme an, euer Team hat gewonnen, hm?"

„Nein. Das ist das Tolle an seinen Streichen, weißt du? Er hat Wodka in die Flaschen beider Teams gefüllt. Es war ihm egal, wer das Spiel gewann. Er wollte sie nur betrunken spielen sehen. Es war das Lustigste, das du je gesehen hast. Es ist bestimmt noch auf YouTube."

„Du denkst also, seine Verlobung mit dem Carnarvon-Mädchen ist ein Scherz?"

Er schüttelte den Kopf. „Nur mein Bruder würde so etwas glauben, weil er dumm ist. Sich als Scherz mit jemandem zu verloben ist nicht lustig. Es ist gemein."

„Und seine Streiche sind nicht gemein?"

„Normalerweise nicht. Meistens spielt er sie nur aus Langeweile."

„Hat er in letzter Zeit irgendetwas Tolles gemacht?"

Wieder schüttelte Toads jüngerer Bruder den Kopf. „Ich weiß es nicht. Ich glaube, vor ein paar Wochen ist etwas passiert, aber Toad hatte am nächsten Tag einen derartigen Kater, dass er nicht einmal sprechen konnte. Dann musste ich zurück zur Uni."

Sie unterhielten sich ein paar Minuten über die Universität, die er besuchte, dann entschuldigte er sich, um mit jemand anderem zu sprechen.

Er drehte seine Runden, plauderte mehr, als er vorgehabt

hatte, und hatte viel mehr Spaß dabei, als er gedacht hätte. Aber die ganze Zeit über spielten seine Gedanken verrückt. Er versuchte ein Auge auf Ashley zu richten und eines auf ihren Verlobten. Was ihm auffiel war, dass er sie kaum zusammen sah. Wohl kaum ein ermutigendes Zeichen bei einem frisch verlobten Paar bei der Party, die ihre Verlobung zelebrieren sollte.

Sie himmelte Eric auch nicht verträumt an. Nicht so, wie das untrennbare Pärchen, waren ihre Namen Donovan und Rylie? Kylie? So etwas Ähnliches. Als Donovan auf die Toilette ging, starrte Rylie/Kylie ihm hinterher, bis er zurückkehrte und ihre Hand wieder in seine nahm.

Ashley schien völlig glücklich bei ihren Freundinnen zu sein oder sich mit anderen Gästen zu unterhalten, ihren Ring herumzuzeigen, der in seinen Augen das diamantene Äquivalent von Beige war. Wer würde den allgegenwärtigsten Stil eines Verlobungsrings für eine Frau auswählen, deren Charme ihre Exzentrik war?

Versuchten sie, sie in eine von ihnen zu verwandeln?

Er sah sie in diesem Kleid an, das viel zu konservativ war, und dem Ring, der *viel* zu konservativ war, und er musste sich fragen: Würde sie es zulassen?

Er bekam die Möglichkeit, den Bräutigam noch einmal näher zu betrachten, als Duncan alle Gäste zusammenrief, um auf das Wohl der beiden anzustoßen. „Eric?", rief er in seiner bestimmenden, lauten Stimme. „Ashley?" Er sah sich um, um setzte ein breites Grinsen auf. „Kommt her, Kinder."

Ashley kam zuerst an und sah ein bisschen eingeschüchtert aus, aber sie lächelte die versammelten Gäste an, als wäre es der Höhepunkt ihres Abends, Duncans Rede zuzuhören.

Eric von Hoffendam traf ungefähr eine Minute später ein und schlurfte mit hängenden Schultern heran, wobei er eher wie ein übergroßes Kind aussah, das in Schwierigkeiten war, als ein Mann, der die Verlobung mit der Liebe seines Lebens feierte. Er sah sich unter den Gästen um, die alle lächelten und ihm und

Ashley zunickten, und, wie als nachträglicher Einfall, legte er seinen Arm um sie.

Duncan Carnarvon gab eine Ansprache. Was nichts Ungewöhnliches war; Duncan neigte dazu, Reden zu halten, und Ben hatte viele davon gehört. Er hielt sie im Büro und bei Wohltätigkeitsveranstaltungen und hie und da bei politischen Ereignissen. Er sprach über seine Nichte und dass er sie seit ihrer Kindheit kannte, sie dabei beobachtete, wie sie sich in eine liebliche junge Frau verwandelt hatte, *blablabla,* und dann sagte er, wie überaus glücklich er darüber war, dass sie ihren Partner gefunden hatte.

Dann erfreute er seine gespannt zuhörenden Gäste mit der Geschichte, wie er seine Frau Millicent kennengelernt hatte und wie glücklich er mit ihr war und dass er hoffte, Eric und Ashley würden genauso glücklich sein, wie Duncan und Millicent es seit so vielen Jahren gewesen sind. Und dann, endlich, stieß er auf das verlobte Paar an.

Ben hob sein Glas zusammen mit allen anderen, und während sie höflich im Chor antworteten: „Auf das verlobte Paar", sah er Ashley an und murmelte: „Was zum Teufel machst du da?"

Danach blieb er nicht mehr lange. Er hatte noch Arbeit zu erledigen.

IN DEN LETZTEN PAAR WOCHEN, seit sein Leben zu einem Scherz geworden war und Vanessa Moore jedes Mal eine neue Pointe auftischte, wenn er dachte, das Lachen wäre endlich vorbei, hatte Ben entdeckt, dass einen wirklich gewaltsamen, moralisch ambivalenten Krimi zu schreiben eine sehr gute Therapie war. Und in dieser Therapie war er derjenige, der bezahlt wurde.

Aber als er wieder im Poolhaus eintraf, konnte er sich seltsamerweise nicht konzentrieren. Er schaltete seinen Computer an, aber die Szenen wollten sich einfach nicht entwickeln. Er hatte nur zwei Drinks gehabt, also war es nicht der Alkohol, der seinen

Verstand vernebelte. Es war etwas anderes. Durch die geöffneten Lüftungsschlitze konnte er immer noch den Lärm der Party hören, obwohl er erkennen konnte, dass sie sich ihrem Ende zuneigte.

Er war kein Raucher, aber er gönnte sich hie und da eine Zigarre. Er dachte, dass er diesen seltenen Genuss heute vertragen könnte. Er ging hinaus und setzte sich auf einen der Loungesessel am Rand des Pools. Es gefiel ihm hier; es war ruhig und abgelegen. Der Pool glitzerte wie ein blauer Topaz, den eine riesige Göttin auf ihrem Finger tragen könnte. Obwohl die Verlobungsfeier auf demselben Grundstück stattfand, schien sie kilometerweit entfernt zu sein. Die blinkenden Lichter und das gelegentliche Lachen hätte genauso gut von einem anderen Planeten kommen können. Er paffte an seiner Zigarre und lehnte sich entspannt zurück, schaute hinauf in den blauen, blauen Himmel. Und dann traf es ihn. Der Grund, warum er dieses unangenehme Gefühl in seinem Magen hatte, hatte nichts mit irgendwelchen Geheimnissen zwischen Duncan Carnarvon und Charlies Van Hoffendam zu tun.

Sein Unbehagen stammte von Ashleys Wahl eines Ehemanns. Er hatte nie eine Abneigung gegen Eric gehabt, aber nun mochte er ihn tatsächlich nicht. Und hauptsächlich mochte er ihn nicht zusammen mit Ashley. Er schien sich ihr gegenüber abwertend zu benehmen, zu sehr damit beschäftigt, mit seinen Freunden zu scherzen und zu viel zu trinken, als gut für ihn war, um der Frau Aufmerksamkeit zu schenken, die er heiraten würde. Wenn er schon bei der Verlobungsfeier ein derart nutzloser Partner war, was für eine Art von Ehemann würde er dann sein?

Nicht, dass es Ben irgendetwas anging. Er war nur ein Beobachter, ein Geschichtenerzähler.

KAPITEL 9

*A*shley mochte ihre geheime Version von sich selbst als Rebellin lieben, aber sie war auf dem Anwesen der Carnarvons aufgewachsen und ihre guten Manieren waren genauso in ihr verankert wie ihre DNA. Sie ging umher und unterhielt sich höflich mit den Gästen. Aber innerlich wurde sie immer irritierter darüber, dass Eric mehr Zeit mit seinen Freunden verbrachte als mit ihr. Im Laufe des Abends verwandelte sich irritiert zu wirklich sauer. Sie hatte das Gefühl, dass, als sie sich Mitternacht näherten, ihr zukünftiger Ehemann, wenn man ihn gegen den Stamm des Baumes lehnte, der draußen auf der Terrasse stand, auf der die Bar aufgestellt worden war, flach auf sein Gesicht fallen würde.

Sie ging hinüber, wo Eric sich mit seinen Freunden versteckt hatte und nicht den Eindruck erweckte, als würde er sich bald fortbewegen. „Hi", sagte sie.

Er drehte sich um, um sie träge anzusehen. „Ash, hallo. Komm und trink etwas mit mir."

Sein Freund Toad meldete sich zu Wort: „Hallo, Ash. Tolle Party."

„Danke."

Sie setzte ein gezwungenes Lächeln auf. „Eric? Kann ich kurz mit dir sprechen?"

„Ja. Okay."

Sie wartete, aber er blieb, wo er war. Als würde der Baum umfallen, wenn er ihn nicht festhielt. Seine Augen ruhten auf ihrem Gesicht und er schien darauf zu warten, dass sie etwas sagte. „Ähm, ich meine unter vier Augen."

„Oh. Okay." Er stieß sich von dem Baum ab und nach einem kleinen Schwanken schaffte er es, zu ihr zu kommen. Sie ging ein Stück weiter, damit sie so etwas wie Privatsphäre hatten.

Er kam ihr näher und fuhr mit einem Finger unter ihrer Perlenkette entlang. „Kommst du später bei mir vorbei?"

„Ich habe gedacht, dass wir vielleicht zusammen gehen."

„Aber meine Freunde sind hier."

„Es ist *unsere* Verlobungsparty." Sie sprach jedes Wort langsam aus, damit sie auch bei Eric ankamen.

„Ja, und?"

„Und vielleicht solltest du mehr Zeit mit mir verbringen. Ich wurde heute Abend total gedemütigt. Du hast mehr Zeit mit deinen Hooligan-Freunden hier verbracht als mit mir."

Er blinzelte, als würde sie ihn grundlos angreifen. „Aber ich bin immer mit meinen Freunden zusammen. Und du mit deinen. So funktioniert es. Dann treffen wir uns später."

Wie konnte er derartig begriffsstutzig sein? „Aber wir sind verlobt?"

„Und?"

„Und du benimmst dich nicht wie ein Verlobter."

Er sah verächtlich auf sie hinab, etwas, das den Van Hoffendams seit Generationen gut eingeprägt worden war. „Was seltsam ist, weil du dich schon wie eine meckernde Ehefrau benimmst."

Dann drehte er sich um und schwankte zurück zu seinen

Freunden. Sie stand da, geschockt und gedemütigt, und hörte ein herzliches männliches Gelächter. Sie hatte keine Ahnung, worüber sie lachten, aber sie hatte den tiefgreifenden Verdacht, dass Eric einen Scherz über sie, die Ehe, Frauen, oder eine Kombination all dieser Dinge gemacht hatte.

Sie stand noch einige Minuten länger dort und beschloss dann, dass, wenn Eric nicht mit ihr gehen wollte, sie ohne ihn die Party verlassen würde. Und sie würde allein nach Hause zu ihrem Cottage gehen. Zur Hölle mit Eric.

Sie fand Millicent und gab die Perlen diskret ihrer eigentlichen Besitzerin zurück. „Danke, dass du sie mir geliehen hast."

Millicent tätschelte ihre Wange liebevoll. „Sie haben hübsch mit dem Kleid ausgesehen. Und eines Tages werden sie ohnehin dir gehören."

Ashley lächelte und versuchte, erfreut auszusehen, obwohl sie nur daran denken konnte, dass die Kette sie immer zu ersticken drohte, ganz egal, wie sie sie arrangierte.

Melody kauerte mit einer Gruppe ihrer Freunde im großen Esszimmer und zusammen aßen sie die Reste des köstlichen Mahls. Onkel Duncan hielt eine Audienz mit seinen Kameraden und einer Flasche Scotch, von der sie annahm, dass sie sowohl sehr alt, als auch sehr teuer war. Tatsächlich schienen sich alle besser zu unterhalten als sie.

Aber es war Vollmond, das Anwesen sah wunderschön aus und der Geruch von Jasmin, der in der Nacht blühte, erfüllte die Luft. Ihre Haut fing an zu prickeln. Ihre Schritte führten sie beinahe ohne ihren Einfluss zum Pool. Sie war schon zu lange nicht mehr um Mitternacht schwimmen gegangen. Ben hatte die Party früh verlassen, und mit etwas Glück würde er bereits tief und fest schlafen, so dass sie sich dieses Vergnügen gönnen konnte. Sie konnte die Kleider, die sich anfühlten, als würden sie nicht ihr gehören, wegschmeißen und ins Wasser tauchen. Sie zog ihre silbernen Schuhe aus, als sie näherkam und ging barfuß bis zum Rand des Beckens. Sie starrte in seine reizvollen Tiefen und das Prickeln auf ihrer Haut wurde von einer stechenden Erkenntnis ersetzt.

Sie hob ihren Kopf und bemerkte, dass sie einen Hauch von Zigarrenrauch riechen konnte. Sie sah sich um und dort war er. Bequem in einem Loungesessel, sein Kragen geöffnet und die Beine lässig an den Knöcheln überkreuzt. „Lass dich von mir nicht aufhalten", sagte er. „Es ist eine gute Nacht, um zu schwimmen."

Er hatte sie also erwischt. Es würde keinen Sinn ergeben, so zu tun, als wäre sie nicht hierhergekommen, um zu schwimmen, wenn er sie beinahe jeden Tag dabei beobachtete. „Es ist so schön heute Nacht. Ich wollte meine Füße ins Wasser hängen und sie ein bisschen abkühlen." Sie folgte ihren Worten mit Taten und ließ einen Fuß in das wunderbar kühle Wasser gleiten. „Ich verabscheue es, Stöckelschuhe zu tragen."

„Was ist mit deinem tollen Schmuckstück passiert?"

Sie war verwirrt. „Meinem was?"

Er machte eine schwingende Bewegung unter seinem Kinn. „Deine entthronenden Perlen."

„Oh, die." Sie senkte ihren anderen Fuß ins Wasser und machte damit Kreise. „Ich musste sie zurückgeben."

Sie konnte im Mondlicht die Erheiterung auf seinem Gesicht sehen. „Lass mich nachdenken. Deine Perlen mussten zurückgegeben werden und du hast die Party ohne Schuhe verlassen. heißt das, dass das Kleid um Mitternacht verschwindet?"

„Nein, das Kleid behalte ich an."

„Nur, weil ich ein Gentleman war und dich auf meine Gegenwart aufmerksam gemacht habe. Du warst kurz davor, deine Wäsche fallenzulassen und in den Pool zu springen."

Er stand auf und kam langsam auf sie zu. Sie spürte, wie sich ihr Herzschlag beschleunigte. Sie wollte aufspringen und weglaufen, aber sie tat es nicht. Sie behauptete sich und beobachtete ihn, als er näherkam. „Ich ..." Warum sollte sie es leugnen? Sie wussten beide, dass sie vorgehabt hatte, ihr Kleid auszuziehen und hineinzuspringen.

Er war nahe bei ihr. So nahe, dass sie die Falten in seinem Hemd sehen konnte, wo er sich an den Stuhl gelehnt hatte. „Ich sehe allerdings keinen Badeanzug."

Seine Worte fühlten sich an wie warme Finger, die sie streichelten. Es war verrückt, eine derartige Reaktion zu haben, aber sie schien ihren Körper nicht davon abhalten zu können, sich so zu benehmen, als wäre sie immer noch der verknallte Dummkopf, der sie mit fünfzehn gewesen war.

„Ich ... ich muss ihn wohl vergessen haben." Ah, ausgezeichnet. Genau das schlagfertige, sexy Comeback, das er aus Filmen gewöhnt war.

Es schien ihm nichts auszumachen, dass sie nicht unbedingt die Meisterin des spritzigen Dialogs war. Er war stattdessen völlig zufrieden damit, sich innerhalb ihres persönlichen Raums aufzuhalten und ihn mit seiner Anwesenheit zu füllen. Sie konnte den zartesten Hauch von Zigarrenrauch riechen, wie die heisere Note in der Stimme einer Sängerin, konnte die Wärme seines Körpers spüren, seine dunklen Wimpern und die brennende Intensität seines Blickes sehen.

„Gut", sagte er und seine Stimme war tief und sexy. Es kam ihr wie ein Traum vor. Einer ihrer Tagträume aus ihrer Kindheit.

Aber sie war kein Kind mehr. Sie war erwachsen.

Sie fühlte sich, als würde er sich zu ihr beugen, aber er war ihr schon so nahe, dass es nicht viel Raum zum Beugen gab. Sie fühlte sich, als würde sie sich zu ihm beugen, eine dieser Bewegungen in Zeitlupe, die er wahrscheinlich in seinen Drehbüchern beschrieb.

Ein Chor weiblichen Lachens, schnell erstickt, erinnerte sie daran, dass sich eine Party dem Ende zuneigte, eine Party, um ihre Verlobung zu feiern. Und der Mann, der so nahe neben ihr stand, dass sie sich praktisch einen BH teilten, der Mann, der ihre

Lippen vor Verlangen kribbeln ließ, war nicht den Mann, den zu heiraten sie zugestimmt hatte.

Sie zog sich zurück und brach den magischen Moment. „Ich muss gehen", sagte sie nach Luft schnappend und flüchtete.

BEN BEOBACHTETE, wie Ashley in der Nacht verschwand, teils frustriert und teils erleichtert. Was zum Teufel hatte er sich dabei gedacht? Sich mit einer verlobten Frau einzulassen? Auch wenn es für ihn deutlich war, dass Braut und Bräutigam nicht ineinander verliebt waren, wie kam er dazu, sich zwischen die beiden zu drängen.

Er schüttelte den Kopf wegen seiner eigenen Dummheit, drehte sich um, um ins Poolhaus zu gehen, wo er eine dringend nötige kalte Dusche nehmen würde, anstatt mitten in der Nacht schwimmen zu gehen. Er stolperte beinahe über etwas, das auf dem Weg lag, bückte sich, um es aufzuheben und lachte leise auf. „Ich glaube es nicht", sagte er, als er Ashleys Schuh in der Hand hielt. „Ich glaube es einfach nicht."

Er ging zurück ins Poolhaus und legte den Schuh auf seinen Nachttisch. Er schlief gut. Am nächsten Morgen trug er den Schuh in seinen Arbeitsbereich, machte Kaffee und wartete auf das übliche Plantschen draußen, das ankündigte, dass seine Meerjungfrau ihre morgendlichen Runden im Pool drehte. Aber es gab kein Plantschen.

Sie kam nicht jeden Tag, aber sie war oft genug hier gewesen, dass es seltsam war, sie nicht zu sehen. Er arbeitete ein bisschen, aber die silberne Sandale mit dem hohen Absatz, die in der Mitte seines Glastisches lag, lenkte ihn ab. Jedes Mal, wenn er sie sah, wurde er an diesen leichtsinnigen Moment in der vorherigen Nacht erinnert, als er sich beinahe einer Frau genähert hätte, die nicht nur verlobt war, sondern auf demselben Grundstück wohnte wie er. Und zu denken, dass Ashley diejenige war, die sich zurückgezogen hatte.

Er hatte ein paar kluge Scherze dafür vorbereitet, wenn sie kommen würde, um zu schwimmen, idiotische Kommentare, die ihre Beziehung hoffentlich wieder zu der angenehmen Vertrautheit zurückbringen würde, die sie bis letzte Nacht genossen hatten. Aber er bekam nie die Möglichkeit, sie auszusprechen. Er kam mit seiner Arbeit nicht gut voran, also nahm er so um Elf Uhr den Schuh und beschloss, ihn seiner Besitzerin zu bringen. Er ging den kurvenreichen Pfad entlang, der ihn zu ihrem Cottage führen würde. Ein Team von Gärtnern und Reinigungskräften waren in der Nähe des Haupthauses damit beschäftigt, alle Überreste der gestrigen Feierlichkeiten zu beseitigen. Er vermutete, dass es heute einige schmerzende Köpfe geben würde, und einer davon würde zweifellos dem zukünftigen Bräutigam gehören.

Als er beim Cottage ankam, stieß er beinahe mit Ashley zusammen, die gerade aus der Tür kam. Mit ihren engen Jeans, dem weißen Trägerleibchen und Sandalen sah sie der Ashley, die er kannte, heute Morgen viel ähnlicher. Sie trug eine riesige Strohtasche um ihre Schulter. Als sie ihn sah, färbten sich ihre Wangen leicht rosa. Sie war nicht der Typ von Frau, der leicht errötete, und wenn er sie nicht so genau gemustert hätte, hätte er es gar nicht bemerkt.

Sie setzte ihre gewöhnliche freche Haltung auf, um jegliche Verlegenheit zu verbergen, als ihr Blick auf den Schuh fiel, den er ihr auf dieselbe Art und Weise präsentierte, wie die Kellner gestern Abend Tablettes mit Champagner getragen hatten. „Ich habe mich schon gefragt, wo ich den verloren habe", sagte sie und griff nach dem Schuh.

„Nicht so schnell." Er zog den Schuh zurück, bevor sie ihn nehmen konnte. „Woher weiß ich, dass es deiner ist?"

Sie legte ihren Kopf zur Seite und schaute ihn fragend und entnervt an. „Du hast den Schuh zu meinem Haus gebracht, weil du ihn gestern an mir gesehen hast. Wessen Schuh soll es sonst sein?"

Er konnte den Hauch von Erheiterung erkennen und wusste, dass sie sich darum bemühte, ihren spöttischen Gesichtsausdruck beizubehalten. „Ich sollte vielleicht verlangen, dass du den Schuh anprobierst und dann, wenn er passt wissen wir, dass es deiner ist."

Sie schien darüber nachzudenken. „Aber dann musst du dich vor mir hinknien, und dann werden deine hübschen weißen Hosen schmutzig."

Er sah den Schuh an, dann sie. „Das wäre ein Problem. Was sollen wir tun?"

„Ich weiß es nicht, aber wir sollten uns schnell entscheiden." Sie schaute auf ihre Uhr, ein großes rundes Ding, das auf ihrem Handgelenk riesig aussah. Es war ein bisschen schrullig, dass sie eine echte Uhr verwendete und nicht nur ihr Handy. „Ich darf meinen Bus nicht verpassen, sonst komme ich zu spät zur Arbeit."

„Bus? Es muss ein halbes Dutzend Autos in der enormen Garage da oben geben."

„Mindestens ein halbes Dutzend. Aber, erstens gehört keines davon mir, und zweitens kann ich nicht Auto fahren." Sie hörte sich ein bisschen defensiv an.

„Du weißt nicht, wie man ein Auto fährt?"

„Nein." Sie nahm den Schuh. „Und ich muss wirklich los."

„Ich fahre dich."

„Du weißt nicht einmal, wohin ich fahren muss."

„Das ist mir egal. Ich habe genug Zeit zur Verfügung."

Sie sah ihn verständnisvoll an. „Das Drehbuch läuft gar nicht gut, oder?"

Er tat so, als würde er darüber nachdenken. „Ich weiß es nicht. Heute Morgen bin ich aufgewacht und habe zwei Zeilen geschrieben. Aber nach meiner ersten Tasse Kaffee habe ich eine davon gelöscht." Er schüttelte den Kopf. „Nein, es läuft gar nicht gut. Vielleicht würde mir eine Autofahrt guttun, um meine Gedanken zu ordnen."

„Ich arbeite im La Scala, einem Kaffeehaus mit Ambitionen."

„Ich weiß nicht, wo es ist, aber ich komme mit. In der Tat sollte ich vielleicht meinen Laptop mitnehmen und dort arbeiten." Ihm gefiel die Idee. Er hatte früher oft in Kaffeehäusern geschrieben, bevor er sich ein ordentliches Studio in seinem Haus leisten konnte. Vielleicht würde ihm das auf die Sprünge helfen. Vielleicht brauchte er Lärm und Leute um sich und Gespräche und das Dampflokomotivenpfeifen von industriellen Espressomaschinen. Außerdem war er neugierig, warum jemand mit fünfundzwanzig Jahren nicht Auto fahren konnte.

Sie nahm eine große, dunkle Sonnenbrille aus ihrer Tasche und setzte sie auf, dann sah sie ihn an. „Du wirst nicht seltsam und pervers sein und mich anstarren, während ich arbeite, oder?"

Er zuckte zusammen. „Ich hatte irgendwie gehofft, dass mein charmantes Schuh-Zurückbringen als Entschuldigung angesehen werden könnte."

Ihre Augen weiteten sich überrascht und er sah, dass wieder ein leichtes, blasses Rosa auf ihren Wangen erschien. „Du wolltest dich entschuldigen?"

„Nein, das wollte ich nicht. Aber jetzt bin ich der Meinung, dass ich es sollte. Ich habe gestern Abend wahrscheinlich mehr getrunken als ich geplant hatte, aber ich hätte mich dir nicht so nähern sollen." Er wollte gerade etwas hinzufügen wie „es wird nie wieder passieren", hielt sich aber zurück. Er versuchte, nie etwas zu versprechen, das er nicht halten konnte. „Es tut mir leid." Er sah auf sie herunter und streckte ihr seine Hand entgegen. „Freunde?"

Der Ausdruck in ihren Augen war schwer zu lesen. Er dachte, er konnte Verwirrung sehen. Aber sie nickte und streckte ihre Hand ebenfalls aus. „Freunde."

Sie schüttelten feierlich Hände, und er spürte die Wärme ihrer Hand in seiner genauso wie die Kraft ihres Handschlags. Er mochte sie wegen ihre Ähnlichkeit mit Cinderella necken, aber diese waffentragende, athletische Frau war alles andere als hilflos. Sie war stark. Er fragte sich, ob sie sich dessen bewusst war.

Nachdem sie den Schuh ins Cottage geworfen hatte, schloss sie die Tür wieder und sie gingen zusammen den Pfad entlang. Obwohl es auf dem Anwesen eine riesige Garage gab, hatte das Poolhaus seinen eigenen Parkplatz. Darauf parkte sein Ferrari. Er war normalerweise kein Fan der großen verrückten Spielzeuge, für die Hollywood so berühmt war. Außerdem war sein Erfolg an Hollywood Standards gemessen immer noch recht bescheiden, obwohl er mit den Geschichten, die er in seinem Kopf erfand, bereits mehr verdient hatte, als er sich je hätte erträumen können. Ein überteuertes, selbstbestätigendes Spielzeug hatte er sich gegönnt. Sein Auto. Es war ein Ferrari California und er liebte das Baby. Er liebte die niedrige Karosserie und wie sie sich in den Kurven entlang der Küste manövrieren ließ, während die Sonne auf sein Gesicht schien und der Wind durch sein Haar wehte, wenn er das Dach abnahm.

„Spring hinein", sagte er, als sie das Auto erreichten. „Ich laufe schnell ins Haus und hole meinen Laptop."

„Meinst du das ernst?"

„So ernst wie Arbeitslosigkeit."

Was genau das war, was ihm blühte, wenn er dieses Projekt nicht fertigstellen konnte.

Da er annahm, Ashley schneller zu ihrer Arbeit bringen zu können als der Bus, nahm er sich die Zeit und packte einen Notizblock und seinen Lieblingsstift zusammen mit seinem Laptop ein. Er lief wieder hinaus und stieg ein. Der Motor schnurrte vor Kraft und er fuhr aus dem Parkplatz und zur Straße.

Er drückte auf die Fernbedienung, um die Tore zu öffnen und fuhr auf die Privatstraße hinaus.

„Ohne Dach?"

Sie grinste ihn an. „Oh ja."

Die Sonne schien und das Meer glitzerte. Er schaute zu ihr herüber und sah ein riesiges Lächeln purer Glückseligkeit auf Ashleys Gesicht. In dem Moment trafen sich ihre Augen durch zwei Paar dunkler Sonnenbrillen, und er hatte das Gefühl, dass sie sich ohne die polarisierten Linsen gegenseitig in Brand gesetzt hätten.

ER FLUCHTE LAUTLOS und lenkte seine Aufmerksamkeit wieder auf die Straße.

KAPITEL 10

*L*a Scala hatte, ganz ihrer Warnung entsprechend, einen viel eleganteren Namen als es tatsächlich war. Das gefiel ihm. Sie ging vor ihm hinein und er folgte ihr etwas langsamer. Sie hob eine Hand, um die drei Baristas zu begrüßen, die hinter der Theke arbeiteten, und verschwand dann durch eine Seitentür.

Er sah sich in dem Kaffeehaus um. Es war wie jedes andere Kaffeehaus auch und hatte doch seine eigene Persönlichkeit. And der Wand hingen Poster von verschiedenen italienischen Opern, und irgendein Innenausstatter hatte Säulen und Szenen an die Wände gemalt, aber abgesehen davon entsprachen die Tische und Stühle eher alltäglichem Kaffeehausinterieur. Es gab ungefähr ein halbes Dutzend Kunstledersessel, die alle besetzt waren. An den Tischen saßen Leute, die Zeitungen lasen, lernten, sich unterhielten oder, so wie er, allein auf ihren Laptops arbeiteten.

Er entschied sich für den nächstliegenden freien Tisch, den er finden konnte, was ihn so ziemlich mitten im Kaffeehaus platzierte. Es war wahrscheinlich der lauteste Platz im ganzen Raum, aber wäre er auf der Suche nach Ruhe, hätte er auch genauso gut im Poolhaus bleiben können.

Nachdem er seinen Tisch ausgewählt hatte, packte er seine Tasche aus, legte seinen Notizblock und seinen Lieblingsstift auf den Tisch und stellte seinen Laptop auf. Er nahm seine Jacke ab, hing sie über die Stuhllehne und ging zur Theke. Ashley war mittlerweile wieder aus dem Hinterzimmer gekommen und trug eine dunkelgrüne Schürze, auf der die Worte *La Scala* in kursiver Schrift gedruckt waren. „Was kann ich dir bringen?", fragte sie.

„Ich nehme eine Grande Café Latte bitte."

Sie lächelte ihn kurz an. „Es gefällt mir, wenn mein erster Kunde des Tages eine einfache Bestellung abgibt." Sie nahm eine große weiße getöpferte Tasse und fing damit an zu tun, was Baristas so taten. Er ging zur anderen Seite der Maschine und beobachtete, wie sie schnell und fachkundig mit einer Maschine umging, die so kompliziert aussah, als könnte sie eine Rakete ins Weltall schicken. Als sie ihm sein Getränk reichte, bemerkte er das Kunstwerk in seinem Milchschaum. „Ist das ein Blitz?"

„Ja. Das ist es."

„Hm. Normalerweise bekomme ich ein Herz."

Sie verdrehte die Augen. „So offensichtlich."

Als er zahlen wollte, winkte sie ab. „Eine meiner wenigen Vergünstigungen ist, dass ich meinen Freunden gratis Kaffee geben kann."

„Danke", sagte er. Als sie sich umdrehte, um den nächsten Kunden zu bedienen stopfte er diskret eine zehn Dollarnote in das Glas, das für Trinkgeld gedacht war.

Er nahm seinen Kaffee mit Blitz zurück zu seinem Tisch und machte es sich gemütlich. Er öffnete den Computer und das Dokument für sein Drehbuch. Er nippte an seinem Kaffee, während er die letzte Szene durchlas. Sie erwachte irgendwie nicht zum Leben. Das Problem lag an der Frau. „Es ist immer eine Frau", murmelte er zu sich selbst, und war sich nicht einmal bewusst, dass er es laut ausgesprochen hatte, bis ein alter Mann am Tisch neben ihm von seinem Kreuzworträtsel aufsah. „Sie sagen es."

Während er so tat, als würde er arbeiten, trank er seinen Kaffee und schaute sich um. Obwohl er Ashley versprochen hatte, sie nicht bei der Arbeit zu beobachten, konnte er es sich nicht verkneifen, hie und da in ihre Richtung zu blicken. Er wusste, dass es tausende junge Frauen wie sie in der Stadt gab, die in Kaffeehäusern arbeiteten. Es handelte sich meistens um angehende Schauspielerinnen, Autoren, Studenten oder einfach Personen, die nicht wussten, was sie mit ihrem Leben anfangen sollten. Es mochte nicht ihr Traumjob sein, aber sie war gut darin. Sie bewegte sich mit graziöser Effizienz, und als der Mittagsstrom einsetzte und vier Baristas hinter der Theke arbeiteten, war es wie ein choreographierter Tanz, so wie sie sich bewegten und bückten und foxtrotteten, um einander auszuweichen.

Er verstand nicht wirklich, warum sie in einem Kaffeehaus arbeitete, wenn es tausende Möglichkeiten für eine junge, eindeutig kreative Person wie sie gab. Er verstand auch nicht, warum sie keinen Führerschein hatte. Tatsächlich gab es vieles an Ashley Carnarvon, was er nicht verstand, und er erkannte, dass er alles über sie wissen wollte. Eine Idee nahm in seinen Gedanken Form an.

Er wandte sich wieder seinem Drehbuch zu und löschte die gesamte Szene, die er während der letzten paar Tage geschrieben, umgeschrieben und wieder umgeschrieben hatte. Das Schreiben war nicht das Problem. Es war die verdammte Frau.

Er dachte an Ashley und ihre Mutter und daran, warum Frauen bestimmte Entscheidungen trafen, und fing von vorn an. Er hatte sich Vanessa Moore in der Rolle der Ehefrau vorgestellt, eine ältere Version von Vanessa, aber doch sie. Es war kein Wunder, dass er Mist schrieb. Er stellte sich stattdessen Ashley vor. Eine ältere Ashley, aber eine Frau, die bestimmt den falschen Mann hätte heiraten können. Was würde passieren, wenn sie sich in jemand anderen verliebte, aber schon an den falschen Mann gebunden war?

Er spürte eine Dringlichkeit tief in seinem Magen, die ihm sagte, dass er auf dem richtigen Weg war. Er schrieb ohne Pause an der Szene, so lange das Feuer der Inspiration in ihm brannte. Und als er am Ende der Szene ankam, nahm er sich nicht einmal die Zeit, um das, was er geschrieben hatte, durchzulesen.

Er wusste, was er tun musste. Er musste zum Anfang zurückkehren. Er war nicht mehr im Kaffeehaus. La Scala hatte sich in einen schmutzigen Hinterhof umringt von Ziegelgebäuden verwandelt. Es roch nach abgestandenem Urin und ranzigem Müll. Würde er in das Rinnsal schauen, könnte er Spritzen finden. Ein einzelner Polizist kam die Gasse entlang, summte angespannt und war zu einer Konfrontation bereit. Eine dunkle Gestalt löste sich aus den Schatten von Bens Fantasie und seine Finger flogen über die Tastatur.

Er zuckte zusammen, als eine Stimme sagte: „Hi!" Aus der Lautstärke und der generellen Genervtheit in der Stimme schloss er, dass sie es bereits ein oder zwei Mal gesagt hatte. Er schaute auf und sah Ashley, die ihn auf diese gewisse Art und Weise anstarrte, wie eine Mutter, die vermutet, dass ihr Kind Fieber hat.

„Ich habe dir etwas zu essen gebracht. Aber da du so auf deinen Computer konzentriert bist, dachte ich, ich sollte es dich besser wissen lassen, oder du würdest es nicht bemerken."

Er blinzelte, dann blinzelte er wieder und rieb sich die Augen. Er würde Augenschmerzen bekommen, wenn er nicht vorsichtig war. Auf dem Tisch hinter seinem Laptop war ein Sandwich, ein frischer Kaffee und ein Glas Wasser. Er sah zu ihr auf und bemerkte, wie hungrig und durstig er war. „Danke."

Sie schüttelte den Kopf, und dieses kuriose Lächeln, das ihr eigen war, huschte über ihr Gesicht. „Du bist nicht der einzige Autor, der hierherkommt, weißt du. Wenn dein Blutzuckerwert sinkt und du ohnmächtig wirst, stört es die anderen Gäste."

„Was für ein Sandwich ist das?", fragte er und zog den Teller näher an sich heran.

„Ist dir das wichtig?"

Er bemerkte, wie sie es bereits getan haben musste, dass er am Verhungern war. „Nein, nicht wirklich."

„Das dachte ich mir. Ich habe dir das Sandwich des Tages gebracht."

„Wann ist deine Pause? Kannst du dich zu mir setzen?"

„Ich mache heute keine Pause. Ich muss in die Uni, und wenn ich eine Pause auslasse, dann habe ich fünfzehn Minuten länger Zeit."

Er runzelte die Stirn. „Das hört sich barbarisch an. Und widerstößt wahrscheinlich gegen jede Menge Arbeitsgesetze. Wann bist du hier fertig?"

„Um drei Uhr. Warum?"

Er übernahm ihren genervten Tonfall. „Weil, wenn ich weiß, wann du hier fertig bist, ich darüber nachdenken kann, ob ich so lange hierbleiben und dich dann zur Uni fahren will."

„Warum solltest du mich den ganzen Tag herumfahren wollen?"

Er deutete auf das Essen auf seinem Teller. „Warum solltest du mir ein Sandwich bringen wollen?"

Sie wusste, dass er sie ertappt hatte. „Okay, du kannst mich zur Uni fahren."

„Gut. Das verschafft dir fünfzehn Minuten für eine Pause und Zeit, um etwas zu essen."

Er fürchtete, sie würde mit ihm darüber diskutieren oder ablehnen, aber sie nickte wieder und ging hinter den Tresen. Eine Minute später kam sie ohne Schürze aus der Seitentür, hinter der sie verschwunden war, als sie ihre Schicht angetreten hatte, und brachte ein zweites Sandwich. Und ein weiteres Glas Wasser.

Sie setzte sich ihm gegenüber, und er schloss sofort seinen Laptop, so dass er sie besser sehen konnte.

„Sieht so aus, als würde die Arbeit gut laufen."

Er war müde, seine Kreativität war erschöpft, und doch war

er immer noch voller Ideen. Was für ein unglaubliches Gefühl. „Ich kann dir gar nicht beschreiben, wie toll es sich anfühlt. Ich bin völlig festgesessen und mit meinem Kopf gegen eine Ziegelwand gestoßen, aber mir war nicht klar, dass der Grund für diese Ziegelwand, die mir im Weg gestanden ist, war, dass ich vom Pfad abgekommen bin."

Sie schluckte ihren ersten Bissen. Trank einen Schluck Wasser. „Du hast also wieder den richtigen Pfad gefunden?"

„Es ist, als hätte ich mich auf einem dunklen verworrenen Pfad verirrt und wäre dann auf einer Autobahn herausgekommen, und dort hat ein Porsche Carrera mit laufendem Motor und geöffneter Fahrertür auf mich gewartet, und ich bin hineingesprungen, habe das Gaspedal durchgetreten und bin losgeflogen. Genau so fühlt es sich an."

„Es läuft also gut", sagte sie neckisch.

Er biss in sein Sandwich und nickte enthusiastisch. „Es läuft ausgezeichnet", murmelte er mit vollem Mund.

Sie waren offensichtlich beide hungrig, also aßen sie eine Weile schweigend. Dann fragte er die Frage, die ihn seit Stunden beschäftigte. „Warum kannst du nicht Auto fahren?"

Sie leckte einen Klecks Mayonnaise von ihrer Fingerspitze. Er wusste, dass es nicht als sexy oder provokative Geste gedacht war, aber sein Eidechsenverstand wusste das nicht und reagierte darauf.

„Ehrlich gesagt weiß ich es nicht genau. Ich wollte es lernen, aber als ich ein Teenager war, war meine Mutter immer zu beschäftigt mit ihrer Arbeit oder anderweitig. Und ich hatte auch viel zu tun. Sie konnte es sich offensichtlich nicht leisten, mich in eine Fahrschule zu schicken, und sie hatte nicht die Zeit, um es mir beizubringen. Nach einer Weile habe ich aufgegeben ... ich bin nicht sehr gut damit, an etwas dranzubleiben."

Tatsächlich hatte er das Gefühl, dass es nicht wirklich sie war, die aufgab, sondern dass die Leute um sie herum sie im Stich ließen. „Würdest du es immer noch gerne lernen?"

Sie legte die Kruste ihres Sandwiches auf ihren Teller. Aus irgendeinem Grund fand er es entzückend, dass sie die Kruste nicht aß. Besonders, da eine identische Sammlung von Krusten seinen eigenen Teller zierte. „Autofahren lernen?"

„Ja."

Sie nahm einen Schluck Wasser und dachte einen Moment darüber nach, was er sie gefragt hatte. „Ja. Ja, das würde ich. Es ist furchtbar mühsam, immer mit dem Bus fahren zu müssen. Außerdem, sollte ich Kinder haben, dann wäre es bestimmt einfacher, wenn ich einen Führerschein hätte." Sie trank noch einen Schluck Wasser. „Und ein Auto."

„Ich bin sicher, dass dir die Van Hoffendams ein Auto zur Verfügung stellen werden."

Sie zuckte als Antwort mit den Schultern.

„Ich kann es dir beibringen."

Sie war von seinen Worten so überrascht, dass sie sich an ihrem Wasser verschluckte. Sie hustete und spuckte und trank mehr Wasser. „Du wirst mir beibringen, wie man fährt?"

Er war von seinen Worten genauso überrascht, aber der Gedanke, Ashley Carnarvon beizubringen, wie man Auto fährt, gefiel ihm. „Ja, das werde ich. Und falls es dich interessiert, ich bin ein ausgezeichneter Fahrer."

„Ich weiß, dass du ein guter Fahrer bist. Du hast mich heute hierherchauffiert."

„Außerdem muss ich dir auch noch sagen, dass ich noch nie einen Strafzettel bekommen habe." Obwohl er sich ein paar Mal erfolgreich herausgeredet hatte. „Und ich war noch nie in einen Unfall verwickelt."

Sie rümpfte die Nase und der Diamant in ihrem Stecker glitzerte. „Mit welchem Auto würde ich üben?"

„Mit meinem."

Sie lehnte sich nach vorn und legte ihre Unterarme auf den Tisch. „Dein Auto? Nicht das teure Cabrio, mit dem wir hierhergefahren sind. Ist das nicht ein Lamborghini oder so etwas?"

„Ferrari. Es ist das einzige Auto, das ich besitze."

„Aber ... Aber das Auto muss ein Vermögen wert sein."

„Na und? Wenn du der Meinung bist, dass du es in einer alten Rostschüssel besser lernen kannst, kann ich dir versichern, dass dem nicht so ist."

„Nein, natürlich nicht. Aber wenn ich in einer alten Rostschüssel einen Unfall baue, würde ich mich nicht so schuldig fühlen."

„Okay, hier ist deine erste Fahrstunde. Und wir werden sie hier im Kaffeehaus abhalten." Er setzte einen, wie er hoffte, lehrerhaften Gesichtsausdruck auf. „Stelle dir niemals, niemals vor, dass du einen Unfall haben wirst. Streiche diesen Gedanken komplett aus deinem Verstand. Wenn du dir vorstellst, dass du ein Auto fährst, dann musst du dir vorstellen, dass du das Auto ganz unter Kontrolle hast, als gute Straßen-Kriegerin, sozusagen."

Sie schaute auf ihre Uhr und stand auf und nahm die Teller und Gläser vom Tisch. „Ich muss wieder arbeiten. Du wirst um drei Uhr zurückkommen?"

„Ja. Und Eines kann ich dir gleich sagen: das Beste daran, Auto fahren zu können, ist, dass man sich nicht darauf verlassen muss, dass andere Leute pünktlich auftauchen. Man ist unabhängig."

„Wenn ich mir jemals ein Auto leisten kann."

„Nun, ein Führerschein bringt dich einen Schritt näher. Also, kann ich es dir beibringen?"

Die Teller und Gläser in ihrer Hand klirrten leicht, als sie mit den Schultern zuckte. „Ich werde darüber nachdenken."

Tatsächlich musste er um drei Uhr nicht zum Kaffeehaus zurückkehren. Er verließ es nie. Die letzten zwei Stunden ihrer Schicht hätten genauso gut nur fünf Minuten sein können, soweit er sagen konnte. Er war in der kreativen Zone – diesem magischen Ort, wo Schreiben einfach war und Ideen in seinem Kopf herumsprangen wie Bingo-Bälle und er nur nach ihnen greifen musste. Weil er sich nicht rücksichtslos einen Tisch unter den Nagel reißen wollte, bestellte er sich noch einen Kaffee, den er nicht unbedingt trinken wollte, und kaufte sechs Brownies aus der Vitrine.

Als sie kam, um ihn um drei Uhr aus seiner Trance zu wecken, war er auf absurde Weise mit sich selbst zufrieden. „Ich muss mich bei dir bedanken", sagte er. „Ich hatte einen fantastischen Arbeitstag." Er sah sich um. „Ich weiß nicht, woran es liegt, aber dieser Ort ist voll mit kreativer Energie."

KAPITEL 11

Sie verließen das Kaffeehaus zusammen und stiegen wieder in das atemberaubende Cabrio ein. Es hatte Ashley gefallen, Ben heute beim Schreiben zu beobachten. Es war lustig, und sie konnte den Moment erkennen, als er sich in der Geschichte verlor. Es war, als wäre er in eine andere Welt eingetaucht. Er hatte bestimmt keine Ahnung davon, wie entzückend er aussah, wenn er in seine Arbeit vertieft war.

Er konnte schnell tippen, und sie erkannte, wenn er sich wirklich in seiner kreativen Zone befand, weil seine Finger geradezu über die Tastatur flogen. Er schien sich außerdem mit seinem Laptop zu verständigen. Wenn sie nicht gewusst hätte, dass er ein erfolgreicher Drehbuchautor war, hätte sie annehmen können, dass er ein bisschen verrückt war. Er nickte hie und da, was für Außenstehende so aussah, als würde er etwas zustimmen, was der Laptop ihm gesagt hatte. Manchmal bewegte er seine Lippen. Sie vermutete, dass er seinen Dialog auf diese Weise testete. Viele Autoren, die ins Kaffeehaus kamen, um zu schreiben, hörten Musik, während sie arbeiteten, aber er tat es nicht. Wie dem auch sei, ihre Schicht war in Bens Gegenwart eindeutig schneller vergangen.

Sie war nervös gewesen, als er an diesem Morgen mit dem Schuh von letzter Nacht bei ihrem Haus aufgetaucht war. Sie wusste, dass sie sich beide an den seltsamen Moment des Beinahe-Kusses erinnert hatten.

Sie könnte sich den ganzen Tag dafür tadeln, dass sie es zugelassen hatte, sich zu dem Gast im Poolhaus hingezogen zu fühlen, aber wozu? Sie hatte sich zu ihm hingezogen gefühlt, seit sie fünfzehn Jahre alt gewesen war. Ein Jahrzehnt hatte ihn nicht weniger interessant oder weniger gutaussehend werden lassen. Tatsächlich hatte ihm das Jahrzehnt Erfolg als Schriftsteller, Nennungen im Abspann von Filmen sowie eine gewisse Weisheit gebracht, und, natürlich war er reifer geworden. Sein Gesicht hatte ein paar interessante Falten, seine Augen zeugten von Erfahrung und wenn er sie ansah, hatte sie das Gefühl, dass er alles darüber wusste, wie man eine Frau befriedigte.

Der Gedanke sandte einen Schauer durch ihren Körper, und sie musste ihn bitten zu wiederholen, was er gerade gesagt hatte.

„Ich habe dich gefragt, wann du bei der Uni sein musst."

„Du und deine Faszination mit meiner Tagesplanung."

„Ich habe das ausgezeichnete WLAN im Kaffeehaus ein paar Minuten lang genutzt und herausgefunden, dass das Führerscheinamt heute Abend bis fünf Uhr geöffnet ist. Wir könnten vorbeifahren, um uns die Erlaubnis zu holen, damit du in meinem Beisein Autofahren darfst."

Sie starrte ihn an. „Du lässt wirklich kein Gras unter deinen Füßen wachsen, oder?"

„Hör zu, ich will eine Abmachung mit dir treffen. Ich werde dir das Autofahren beibringen. Als Gegenleistung würde es mir wirklich helfen, wenn du dir die Szenen in meinem Drehbuch durchlesen könntest, in denen die Frau des Polizisten vorkommt."

Es war eine völlig neue Erfahrung für sie, dass man ihr überhaupt zuhörte, ganz zu schweigen davon, dass ein erfolgreicher junger Schriftsteller sie um ihre Meinung bat. „Wow. Das ist eine tolle Vereinbarung. Du willst wirklich, dass ich dein Drehbuch lese?"

„Das will ich wirklich. Wie du mir so schmerzhaft bewusst gemacht hast, verstehe ich von Frauen nicht so viel, wie ich gedacht hätte. Außerdem habe ich mir immer Vanessa Moore in der Rolle vorgestellt, was gar nicht gut ist, da ich mich ernsthaft darauf freue, ihren Charakter zu zerstören."

„Du musst dir jemand anderen in der Rolle vorstellen."

Er warf ihr einen Blick zu, der schwer zu interpretieren war. "Das habe ich bereits. Wirst du unsere Vereinbarung annehmen?"

Oh, warum zum Teufel nicht? Es war mühsam, nicht selbst fahren zu können, und dies war eine tolle Möglichkeit für sie, es zu lernen. Sie nickte. „Wir haben einen Deal."

ASHLEY WAR NICHT WIRKLICH BEREIT, als Ben ihr am nächsten Morgen die Schlüssel zu seinem Auto reichte. Sie war wie gewöhnlich gekommen um zu schwimmen und als sie fertig war, kam er mit zwei Tassen Kaffee aus dem Poolhaus. Himmlisch. Sie band ihren Bademantel über ihrem Badeanzug zu und sie setzten sich hin und tranken zusammen ihren Kaffee.

Sie streckte ihre Hand instinktiv aus, als er ihr etwas reichte, und bemerkte erst, als der Schlüsselbund auf ihrer Handfläche auftraf, was er vorhatte. Sie sah ihn verwirrt an. „Heute?"

„Sofort, wenn du willst. Komm schon, sei kein Feigling. Du willst es lernen, und ich will es dir beibringen. Was du heute kannst besorgen ..."

Sie starrte die Schlüssel an, die sie herauszufordern schienen, ein Risiko einzugehen. „Ich habe Angst."

„Wenn du mehr Angst davor hast mit einem Auto zu fahren als mit geladenen Waffen zu schießen, dann bist du verrückt."

Ein plötzliches Lächeln erhellte ihr Gesicht. „Okay. Aber ich muss mich zuerst duschen und mich umziehen."

„Ich werde warten."

Sie lief zurück zum Cottage und redete sich ein, dass Millionen von Leuten Auto fahren konnten. Alles würde gutgehen. Aber sie war nervös, als sie sich hinter das Steuer seines teuren Cabrios setzte. Sie fragte sich, wie dieses Abenteuer wohl ausgehen würde, während sie sich dabei Zeit ließ, den Sitz und die Rückspiegel einzustellen, wie ihr Führerscheinhandbuch es beschrieben hatte.

Ben saß neben ihr, ruhig und unerschütterlich wie immer. „Wann auch immer du bereit bist", sagte er.

Sie stellte sich vor, wie sie sich darauf vorbereitete auf etwas zu schießen. Sie atmete tief ein, um sich zu beruhigen, stellte den Motor an und fuhr vorsichtig rückwärts aus dem Parkplatz. Zum Glück gab es in der Nachbarschaft viele unbefahrene Straßen. Nach ungefähr einer Stunde wuchs ihr Selbstvertrauen. Sie konnte geradeaus fahren. Sie konnte bremsen. Sie konnte rechts abbiegen. Sie konnte links abbiegen. Sie konnte rückwärts fahren. Sie versuchte sogar einzuparken. Ben gab ihr wenige Anweisungen, hie und da einen Tipp und viel stille Ermunterung. Als sie wieder auf dem Parkplatz vor dem Poolhaus ankam, fühlte sie sich von Stolz über ihre Leistung erfüllt.

„Danke", sagte sie, lehnte sich über die Mittelkonsole und schlang ihre Arme in einer enthusiastischen und völlig spontanen Umarmung um Ben. Sie konnte die volle Wirkung seines Körpers spüren, als er sie auch umarmte. Wie kräftig er war, wie muskulös die Arme waren, die sie für eine Sekunde zu lang festhielten. Dann entzog sie sich ihm und lachte. „Das war so unglaublich."

„Ich wusste, dass du es schaffen würdest. Du bist eine wirklich gute Fahrerin. Ich habe es gewusst."

„Woher hast du das gewusst?"

„Jeder, der so kaltschnäuzig in eine, ihrer Meinung nach, gefährliche Situation mit einem Psychopaten mit einer Waffe treten kann wie du es getan hast, wird keine Probleme beim Fahren haben – nicht einmal in L.A."

Sie gab ihm die Schlüssel zurück und stieg aus, immer noch lachend. Erst dann bemerkte sie Eric. Er saß auf einer Steinmauer, die ihm einen Blick über das Poolhaus gab, und er beobachtete sie.

„Eric! Was machst du hier?" Sie spürte eine seltsame Aufregung in ihrem Bauch, als wäre sie bei etwas erwischt worden, das sie nicht hätte tun dürfen, obwohl sie genau wusste, dass sie nichts falsch gemacht hatte.

„Ich bin hierhergekommen um zu sehen, ob du etwas zusammen mit mir unternehmen willst. Deine Mutter hat mir gesagt, dass du mit Ben hier herumfährst." Er stand langsam von der Mauer auf und schlenderte zu ihnen.

„Ben bringt mir das Autofahren bei." Sie verabscheute den Klang ihrer Stimme, so gespielt und aufgekratzt.

Er schaute langsam zwischen den beiden hin und her. „Ich kann es dir beibringen." Seine Stimme hatte einen böswilligen Unterton und sie spürte, wie Ben sich versteifte, als er ein paar Schritte auf Eric zumachte. Es war lächerlich. Sie würde nicht zwei erwachsene Männer um sie kämpfen lassen. Nicht, dass die Vorstellung nicht einen gewissen Anreiz hatte. Man hatte noch nie um sie gekämpft.

Sie zog es allerdings vor, ihre Schlachten selbst zu bestreiten. Sie ging auf Eric zu und wandte Ben damit den Rücken zu. „Warum hast du es dann nicht getan? Du hast gewusst, dass ich es lernen will, seit ich sechzehn Jahre alt war. Du hast dein eigenes Auto. Du hast nie angeboten, es mir beizubringen."

Er sah auf sie hinab. „Und du hast mich nie darum gebeten."

Das stimmte, sie hatte es nicht getan. „Nun, meine heutige Stunde ist vorbei. Willst du immer noch etwas unternehmen?"

Eric sah aus, als würde er darüber nachdenken, eine Riesenszene aus der Sache zu machen, und dann konnte sie den Moment beinahe erkennen, als er beschloss, dass es zu anstrengend sein würde. Er zuckte mit den Schultern. „Klar. Warum nicht."

Sie hörte das elektronische Klicken hinter sich, als Ben das Auto abschloss. Dann hörte sie, wie die Tür des Poolhauses geöffnet und hinter ihm geschlossen wurde.

„Also, was willst du tun?"

Er zuckte mit den Schultern. „Keine Ahnung. Vielleicht zum Strand gehen? Wir könnten ein Frisbee mitnehmen, im Kühlschrank deiner Mutter nach Bier suchen."

Das war genau, was er immer tat. Er tauchte bei ihr auf oder rief sie an, um zu ihm zu kommen, mit einem vagen Plan, der meistens beinhaltete, dass sie Nahrungsmittel oder Getränke von ihren Eltern stibitzten. Es hatte sie zuvor nie gestört, aber jetzt, da sie darüber nachdachte, ihr ganzes Leben mit diesem Kerl zu verbringen, betrachtete sie ihn mit einem kritischeren Auge an.

„Solltest du nicht für deinen Börsenmaklertest lernen?"

Er lehnte sich näher zu ihr. „Würdest du damit aufhören ständig zu lästern?"

„Tut mir leid. Du hast gesagt, dass du dir einen Job suchen würdest, wenn wir verlobt sind."

„Und das werde ich." Er schob einen Kieselstein mit seinem Fuß herum. „Mein Vater hat mit mir darüber gesprochen, für seine Firma zu arbeiten."

„Wow. Wirst du für seine Firma arbeiten?" Er hatte immer gesagt, dass er lieber Gräben graben würde.

„Ich weiß es nicht. Vielleicht." Er schob einen anderen Kieselstein herum. „Manchmal ist alles ein bisschen zu viel, weißt du? Heiraten, einen echten Job in Anzug und Krawatte und all dem zu finden. Die ganze Sache stresst mich."

Sie wusste, wie er sich fühlte. Normalerweise hätte sie ihn nie wegen eines Jobs genervt. Aber jetzt sah sie, wie sie in die Rolle der Ehefrau verfiel. Je mehr sie darüber nachdachte, desto mehr fragte sie sich, wie gut sie einander wirklich kannten. Sie holte tief Luft und sagte: „Wir haben es wirklich überstürzt. Ich meine die Verlobung und alles. Es ist alles so schnell passiert. Aber es ist unser Leben. Wir können uns mehr Zeit nehmen, wenn du willst."

Seine Augen flogen auf ihre, und sie dachte, Panik in seinem Gesicht sehen zu können. „Nein." Dann kam er ihr näher und sah sie auf diese charmante Art an, die sie immer weich werden ließ. „Außer, du hast deine Meinung geändert?" Er küsste sie sanft, bevor sie die Möglichkeit hatte zu antworten. Und er schob seinen Körper dicht an sie, küsste sie tiefer. Dann nahm er ihre Hand und zog sie lachend in Richtung Strand.

Sie lag mit Eric im Sand, als ihr Handy läutete. Sie teilten sich ein Bier, obwohl sie ihn ins Geschäft geschickt hatte, um sein eigenes zu kaufen, anstatt den Kühlschrank ihrer Mutter zu plündern. Sie sah eine örtliche Nummer auf dem Bildschirm aufleuchten, eine, die sie nicht erkannte. „Hallo?"

„Hallo Ashley, es ist Tasmine. Wir haben uns am Abend deiner Verlobungsparty kennengelernt."

Sie wusste genau, wer Tasmine war; was sie allerdings nicht wusste, war, wie sie ihre Telefonnummer bekommen hatte. Sie hatte sie der Brautjungfer, die ihre Schwiegermutter ausgewählt hatte, jedenfalls nicht gegeben. „Hi, Tasmine", sagte sie und machte ihre Überraschung in ihrer Stimme deutlich. Während sie das Telefon an ihr Ohr hielt, sah sie Eric mit hochgezogenen Augenbrauen an. Seine Mutter kannte ihre Telefonnummer auch nicht. Tasmine konnte sie also nur von Eric bekommen haben.

Er setzte seinen unschuldigsten Blick auf, den er meist dann aufsetzte, wenn er einen seiner Streiche spielte, und sie schüttelte den Kopf in seine Richtung.

„Ich hoffe, du bist mir nicht böse, dass ich dich einfach so anrufe, aber ich wollte dich fragen, ob wir uns treffen und über die Hochzeit sprechen könnten."

„Wow, du bist eifrig."

Die andere Frau lachte. „Ich bin in genug Hochzeiten involviert gewesen, um zu wissen, wie wichtig es ist, die grundsätzlichen Dinge so schnell wie möglich zu erledigen. Ich bin wirklich gut, wenn es um Details geht, und ich habe mir gedacht, ich könnte einen Ordner von einer Hochzeit mitbringen, die deiner ähnlich war, und du könntest ihn durchgehen und sehen, ob dir irgendetwas gefällt."

„Du hast Ordner?"

Sie hörte ein Lachen als Antwort. „Ich habe dich gewarnt. Ich bin gut organisiert."

„Ich hätte jetzt Zeit. Willst du hierherkommen?"

Eric fing an, seinen Kopf wild zu schütteln und mit seinen Händen abzuwinken: Nein, nein, nein! Sie ignorierte ihn.

Wenn Eric ihre Telefonnummer an aufdringliche Brautjungfern weitergab, konnte er genauso gut an ihrer Seite sein, während besagte aufdringliche Brautjungfer mit Ordnern in ihrem Haus erschien.

„Gerne. Jetzt passt mir sehr gut."

Sie erklärte der anderen Frau, wie sie das Cottage finden könnte, und sagte ihr, dass sie sie dort treffen würde.

Sie beendete den Anruf und starrte Eric an. „Du hast Tasmine meine Telefonnummer gegeben ohne es mir zu sagen?"

Er stellte sich dumm. „Meine Mutter hat mich um deine Nummer gebeten. Ich habe nicht gewusst, dass sie für Tasmine gedacht war."

„Und du hast nicht gefragt, warum sie sie haben wollte?" Oder war er tatsächlich so dumm?

„Ich dachte, es sei für Hochzeitsangelegenheiten."

„Deine Mutter hat mir diese Brautjunger aufgedrängt. Sie ist eine entfernte Cousine von dir und hat mir erzählt, dass ihr als Kinder zusammen gespielt habt."

„Ich habe eine ziemlich große Familie. Ich erinnere mich nicht an jedes Kind, mit dem ich im Sandkasten gespielt habe."

„Tja, Tasmine erinnert sich an dich. Ich glaube, sie hat für dich geschwärmt, als ihr Kinder wart."

„Geht allen Mädchen so", neckte er sie. Ein Schatten legte sich auf sein Gesicht, als er sich über sie beugte. „Aber ich habe dich ausgewählt", sagte er mit tiefer, sexy Stimme.

Sie küsste ihn und entzog sich ihm dann. „Komm, ich muss das Cottage aufräumen, bevor sie kommt."

„Du wirfst mich also hinaus, damit du dich mit deinen Brautjungfern treffen kannst?"

Sie stellte ihre Stimme auf stählern ein. „Denk nicht einmal daran, mich mit dieser Frau allein zu lassen."

Er muss bemerkt haben, dass sie es ernst meinte und folgte ihr widerwillig hinauf zum Cottage, wo sie das kleine Wohnzimmer schnell aufräumte und das Geschirr vom Küchentisch entfernte.

Tasmine kam mit einem Aktenkoffer an. Sie trug eine weiße Leinenhose und ein mintgrünes seidenes Trägerleibchen unter einer Baumwolljacke. Sie sah wie die Geschäftsführerin ihres eigenen Imperiums aus, mit einem Hauch von Cheerleader. Ashley sah wie die Geschäftsführerin des Clubs der Verlierer aus, in ihren abgeschnittenen Shorts und bloßen Füßen. Sie war ziemlich sicher, dass auf ihrem Rücken Sand klebte.

„Du arbeitest? An einem Samstag?"

„Ich bin Verkaufsberaterin für ein Designunternehmen. Ich bestimme meine Arbeitszeiten selbst, arbeite aber oft an Samstagen." Sie zuckte mit den Schultern. „Das Leben auf der Überholspur, nicht wahr?"

Sie trat ein und taumelte zurück. „Oh. Hallo, Eric. Ich wusste nicht, dass du hier sein würdest."

„Die kleine Frau hat darauf bestanden", murrte er. „Noch nicht einmal verheiratet und ich werde schon unterdrückt."

Sie ließ ein köstliches trillerndes Lachen aus. „Oh, sei nicht dumm. Natürlich bist du das nicht. Ashley will nur sicherstellen, dass du in jedes Detail der Hochzeit involviert bist. Die erfolgreichsten Hochzeiten sind die, in denen der Bräutigam eine aktive Rolle übernimmt."

Eric sah in Anbetracht der Vorstellung, ein aktiver Teilnehmer an seiner eigenen Hochzeit zu sein, nicht sehr glücklich aus. Er hatte seine Füße auf das Sofa gelegt und beschäftigte sich intensiv mit seinem Handy.

Ashley sagte: „Warum gehen wir nicht in die Küche, damit wir mehr Platz haben?"

Mit einem Blick auf Eric sagte Tasmine: „Gerne." Sie folgte Ashley in die Küche und ließ sich am Küchentisch nieder. „Was für ein entzückendes Cottage. Was für ein Glück du hast, direkt am Strand zu wohnen."

„Ich weiß. Möchtest du einen Kaffee? Tee? Ein Glas Wein?"

„Ein Glas Wasser wäre toll."

Sie goss ein Glas Wasser für Tasmine und eines für sich ein, dann setzte sie sich an den Tisch. Tasmine holte einen Ordner aus ihrem Aktenkoffer, den sie vor Ashley auf den Tisch legte. Sie holte auch einen Tablet-Computer heraus und fing an, darin zu blättern.

„Das war wirklich eine tolle Verlobungsparty", sagte Tasmine. Dann lehnte sie sich näher an Ashley, als wären sie beste Freundinnen, die sich ein Geheimnis verrieten. „Ich wusste nicht, dass Bennett Saegar hier wohnt. Oh, was der arme Mann mitgemacht hat. Diese Schauspielerin sollte erschossen werden. Und die Art und Weise, wie die Medien so eine große Sache daraus gemacht haben? Es macht mich krank. Es ist so nett von deiner Familie, ihn hier wohnen zu lassen."

Ashley hatte nicht gewusst, dass Bennett Saegar derart berühmt war. Sie fragte: „Das hat er dir alles erzählt?"

„Als ob. Nein, ich habe es online gelesen. Ich versuche, auf dem Laufenden zu bleiben, besonders was Neuigkeiten aus Hollywood betrifft. Es ist Teil meines Geschäfts zu wissen, was sich tut."

Ashley öffnete den Ordner und sah sich ein paar Seiten an. Es gab Register für Floristen, Fotografen, Gästeliste, Geschenkliste und so weiter. Sie mochte nicht das schärfste Messer in der Lade sein, aber Ashley war stolz darauf, zumindest klüger als ein

Buttermesser zu sein. Sie schaute Tasmine an und versuchte hart und stählern auszusehen, obwohl ihr Sand den Rücken herunterrieselte.

„Du bist Geschäftsfrau, nicht wahr? Ich nehme an, dass Grace dich engagiert hat um dich als Spionin in die Gruppe der Braut einzuschleusen." Es war mehr, als sie zu sagen vorgehabt hatte, aber nicht mehr, als sie vermutet hatte, seitdem ihr diese überenthusiastische Brautjungfer aufs Auge gedrückt worden war.

Tasmine schien nicht zu überrascht darüber zu sein, dass sie überführt worden war. Sie stützte ihre Ellbogen auf den Tisch und einen Moment lang bereute Ashley, dass sie den Marmeladeklecks genau von dem Fleck entfernt hatte, auf dem Tasmine nun ihren rechten Ellbogen aufstützte. „Ehrlich gesagt habe ich Grace vorgeschlagen, es dir im Vorhinein zu sagen. Ich bin kein großer Fan von Vorwänden."

„Das ist ein großes Wort für Lügen."

Tasmine schüttelte den Kopf. „Genau genommen war nichts davon eine Lüge. Ich bin eine Cousine, wenn auch nur dritten Grades, und einen Sommer lang war meine Familie hier zu Besuch. Ich habe mit Eric gespielt, genau, wie ich es dir erzählt habe. Und ich bin ungefähr ein Dutzend Mal Brautjungfer bei einer Hochzeit gewesen. All das entspricht der Wahrheit. Du hast allerdings recht, dass ich ein kleines Unternehmen daraus gemacht habe. Ich bin eine professionelle Brautjungfer mit einer Nebenbeschäftigung als Hochzeitsplanerin."

„Ich habe meine Brautjungfern schon ausgewählt. Danke."

„Denk einen Moment darüber nach. Es gibt einen Grund, warum Bräute mich engagieren."

„Oder deren zukünftige Schwiegermütter", murmelte sie.

„Oder das." Sie legte den Tablet-Computer auf den Tisch und konzentrierte sich voll und ganz auf Ashley. „Ich habe deine Brautjungfern bei der Party kennengelernt. Wirklich nette Mädels, und ich verstehe, warum du sie ausgesucht hast. Aber sie sind auch super beschäftigt und sahen nicht so aus, als wären sie so enthusiastisch in die Rolle der Brautjungfer geschlüpft, wie ich es gern sehen würde. Ich kann mich um alles kümmern, was sonst durch den Rost fallen würde." Sie sah deutlich auf den Durchgang, der dorthin führte, wo Eric lag. „Und zwischen dir und deiner zukünftigen Schwiegermutter agieren. Ich werde zehnmal so viel erledigen wie normale Brautjungfern. Ich bin wirklich gut organisiert, ich habe ausgezeichnete Kontakte und ich kann dir deinen Weg zur Hochzeit erleichtern. Heiraten ist stressig; es gibt viel mehr zu erledigen als dir bewusst ist. Ich kann dir dabei helfen."

Sie verabscheute es, manipuliert zu werden, obwohl alles, was Tasmine sagte, Sinn ergab. „Ich weiß nicht."

„Hier ist mein Vorschlag. Ich lasse den Ordner hier. Sieh ihn dir an." Ihre Finger flogen einige Minuten über ihr Tablet, und dann hörte Ashley eine Nachricht auf ihrem Handy ankommen. „Ich habe dir gerade eine Liste mit Referenzen geschickt. Es sind Bräute, die mich engagiert haben. Sprich mit ihnen und lass mich dann wissen, wofür du dich entschieden hast."

„Aber ich habe dich nicht angestellt. Du solltest Grace die Referenzen geben."

Tasmine sah zum ersten Mal ein bisschen weniger lebhaft aus als sonst. Sie lehnte sich zu ihr. „Ich erhalte viele Anfragen und muss mich nicht um Aufträge sorgen, glaube mir. Ich habe Grace gesagt, dass ich es tun würde, aber ich bin nicht daran interessiert, jemandem zu helfen, der meine Hilfe nicht haben will."

„Willst du damit sagen, dass ich dich feuern kann?"

„Natürlich." Sie sammelte ihre Sachen ein und stand auf.

Als sie bei der Tür ankam, drehte sie sich noch einmal um. „Oh, und abschließend noch etwas?"

„Ja?"

„Ich bin sehr fotogen. Ich sehe toll auf Hochzeitsfotos aus." Dann zwinkerte sie und war verschwunden.

„Was ist passiert?", fragte Eric, als sich die Tür hinter Tasmine schloss.

Sie wandte sich ihm zu. „Tasmine vermietet sich als Brautjungfer."

Erics Gesicht verzog sich verwirrt. „Was meinst du mit sie
vermietet sich?"

„Ich meine, dass sie dafür bezahlt wird eine Brautjungfer zu
sein. Und deine Mutter hat sie engagiert."

Sie hätte angenommen, dass Eric über das Komplott seiner
Mutter, eine Brautjungfer anzuheuern und in die Gruppe der
Braut einzuschleusen, Bescheid wusste, aber niemand konnte
Schock derart überzeugend vortäuschen. „Frauen wollen so sehr
Brautjungfern sein, dass sie es beruflich tun?"

Er legte sein Handy hin und setzte sich auf. „Hey, vielleicht
sollte ich das tun. Ich kann mich als eleganter Trauzeuge vermie-
ten. Was hältst du davon?"

„Ich vermute, dass du mehr tun müsstest, als nur aufzutau-
chen und hübsch auszusehen, wenn du dafür bezahlt werden
willst."

„Verdammt. Ich wusste, es war zu gut um wahr zu sein." Er
widmete sich wieder seinem Handy und legte sich aufs Sofa
zurück.

Sie beobachtete ihn einen Moment lang. Sie hatten nicht
mehr über ihre Fahrstunden mit Ben gesprochen, also setzte sie
sich auf den Rand des Sofas und schob seine Füße aus dem Weg,
um mehr Platz zu haben. „Du scheinst verärgert darüber gewesen
zu sein, dass Ben mir Fahrstunden gibt."

„Ich war nur überrascht. Sonst nichts."

„Ich will lernen, wie man Auto fährt. Es ist mühsam, keinen
Führerschein zu haben."

„Ja. Schon klar."

„Aber wenn *du* es mir beibringen willst, dann wäre das toll."

Sie konnte seinen Denkprozess beinahe hören, so lange
kannte sie ihn schon. Letztendlich, wie sie vermutet hatte,
besiegte seine Faulheit seine Eifersucht. „Nein, es ist okay. Wenn
du sagst, dass er nur ein Freund ist, dann glaube ich dir."

„Und es ist dir recht, dass er mir Fahrunterricht gibt?"

Er zuckte mit den Schultern. „Du hast recht. Es ist wirklich dumm, dass du nicht einmal Auto fahren kannst. Ich will dich nicht überall hinfahren müssen, wenn wir verheiratet sind. Und du kannst meine Fahrerin sein, wenn ich mich betrinke."

„Was für ein Bonus."

KAPITEL 12

*E*ric führte sie aus, um Sushi zu essen und brachte sie danach wieder nach Hause, da er sich mit seinen Jungs traf, um Poker zu spielen.

Im Cottage war es finster und ruhig, genau, wie es ihr gefiel. Ihre Mutter hatte online einen Mann kennengelernt und war mit ihm zum zweiten Mal ausgegangen. Wenn sie keinen Freund hatte, fragte sie Ashley immer über alle Details in ihrem Leben aus, als würde sie durch sie ihre Träume ausleben wollen. Sie war die Art von Mutter, mit der man Kleider tauschen konnte, außer, dass Melody eine Nummer kleiner trug, eine Tatsache, die ihre Mutter bis in ihre pedikürten Zehennägel erfreute.

Wie auch immer.

Wenn sie einen Freund hatte, dann ließ sie ihrer Tochter mehr Freiraum. Ashley schloss die Tür zu ihrem Zimmer und schaltete ihren Laptop an. Sie wusste, sie sollte mehr am Weltgeschehen interessiert sein, aber meistens waren die Neuigkeiten so gewaltsam und deprimierend, dass sie es vermied. Ihr Onkel sprach fortwährend über Politik, also wusste sie, wie ein treuer Republikaner in einem gewissen Alter die Welt sah, und sie wusste, dass es Dinge auf der Welt gab, die ihre Empörung verdienten, aber sie fand es einfacher, nichts davon zu wissen.

Tasmines kleine Ansprache über Ben hatte sie allerdings neugierig gemacht. Er hatte ihr flüchtig erzählt, warum er hier war, aber sie hätte nicht erwartet, dass sogar jemand wie Tasmine die Details darüber kennen würde.

Sie tippte eine Suche für Bennett Saegar und *Ravensong* in Google ein und war überrascht, wie schnell die Resultate erschienen.

Und nachdem sie eine halbe Stunde lang gelesen hatte, musste sie zugeben, dass, wenn sie Ben nicht kennen würde, sie der Meinung wäre, dass er ein manipulativer Wüstling war, der das Vertrauen, Talent und die Liebe einer unschuldigen Frau nehmen und sie dann im Stich lassen würde. Obwohl sie zynisch genug war, um sich zu wundern, wie eine Frau, die sich vom Nahtod durch Selbstmord erholte, so viel Energie hatte, um Interviews zu geben.

Aus den Fotos von ihr in ihrem Krankenhausbett war außerdem eindeutig zu schließen, dass sie Makeup verwendet hatte, um sich mitleiderregend aussehen zu lassen. Ihre riesigen blauen Augen waren schwarz umrandet, und alles andere, inklusive ihres Lippenstifts, war weiß. Sie trug sogar weiße, hauchdünne Nachthemden in ihren Interviews von der Privatklinik.

Ben hatte sich selbst übertroffen. Er hatte sich mit einer Frau eingelassen, die sowohl Dummchen als auch Opfer, aber auch durchtrieben genug war, um beides zu ihrem Vorteil zu nutzen.

Sie las einen besonders sensationslustigen Blog namens *L.A. Insider*. Er zeigte einige Fotos, die während des Drehens von *Ravensong* gemacht worden waren, und eines, das auch von allen anderen online Magazinen veröffentlicht worden war, zeigte Ben und Vanessa Moore in ein Gespräch vertieft.

Sie schüttelte den Kopf und wollte ihren Laptop gerade schließen, als eine neue Schlagzeile ihre Aufmerksamkeit erhaschte.

DIVA DESIGNERIN VERFLUCHT

Sie hätte weitergeblättert, aber sie sah ein Foto eines Braut-kleides, das genauso aussah wie ... oh nein, oh Mist ... es war dasselbe Kleid, das sie tragen würde, um Eric zu heiraten. Es gab keine anderen davon. Es war ein Einzelstück.

Was?

Sie las weiter:

EVANGELINE UND EINES DER BRAUTKLEIDER, das sie entworfen hatte, sind verflucht, gemäß einer Quelle aus dem Designerlabel Evangeline.

Es ist ein offenes Geheimnis, dass die ehemalige Schauspielerin, die auch als Model erfolgreich war und sich in eine Brautkleid-Designerin verwandelt hat, nur für die Reichen und Schönen entwirft. Was aller-dings nicht so bekannt ist, ist, dass die berühmte Britin eine Fuchtel ist, wenn es darum geht, wie sie ihre Mitarbeiter behandelt. „Sie hat derart hohe Ansprüche, dass sie tobt, wenn irgendetwas nicht absolut perfekt ist", sagt eine Informantin, die um Anonymität gebeten hat. Die Infor-mantin, die eng mit der Diva Designerin zusammenarbeitet, berichtet, dass Evangeline während der letzten Anprobe des Brautkleides, das sie für Kate Winton-Jones' Hochzeit mit dem über-geeigneten Junggesellen Edward Carnarvon entworfen hatte, so wütend war, dass sie eine Untergebene auf der Stelle gefeuert hat. Die erboste Frau, von der man sagt, dass sie von Zigeunern abstammt, verfluchte daraufhin sowohl das Kleid, als auch die Designerin.

„Die Roma haben magische Kräfte", sagte uns dieselbe Informantin.

Innerhalb von Tagen war die Braut auf der Flucht, und kurz darauf wurde die Hochzeit abgesagt. Zufall? Vielleicht. Das Brautkleid soll bei einer weniger berühmten Hochzeit wiederauftauchen, wenn Eric Van Hoffendam, der jüngste Sohn von Charles und Grace Van Hoffendam, eine Carnarvon-Cousine heiratet.

Evangelines Pressebüro teilte uns mit, dass sie für einen Kommentar nicht zur Verfügung stünde, aber seltsamerweise wurde die Diva Designerin seit dem Fluch nicht mehr in der Öffentlichkeit gesehen.

ASHLEY WAR NICHT MEHR MÜDE. Sie fiel auf ihr Bett. Verflucht? Jemand hatte ihr Brautkleid aus zweiter Hand verflucht? Es war schlimm genug, dass man an dem Tag, an dem man im Mittelpunkt stehen sollte, das Kleid einer anderen Frau tragen musste, aber musste es verflucht sein?

Konnte ein Fluch überhaupt weitergeleitet werden?

Sie kehrte zu der Suchmaschine zurück und tippte ein: „Kann ein Fluch weitergeleitet werden?", und tadelte sich dann selbst. Sie war fünfundzwanzig, nicht zwölf. Dieser Artikel war ungefähr so glaubhaft wie der über Ben und die Tatsache, dass er einen Selbstmord verursacht hatte.

Und diese Carnarvon-Cousine gehörte ins Bett.

Sie schlug den Laptop zu und zog sich ihren Pyjama an. Während sie ihre Zähne putzte, beschloss sie, dass hier mit ihrer Mutter und ihrer Carnarvon-Verwandtschaft festzusitzen ein viel größerer Fluch war.

Und doch nahm sie ihr Handy ins Bett mit und schickte Eric eine Nachricht.

„Ich wünschte, du wärest hier."

„Ich auch." Dann fuhr er damit fort ihr zu sagen, was er alles mit ihr anstellen wollte.

Sie schaltete ihr Handy aus. Sie hatte hören wollen, dass er sie liebte oder etwas in der Art, nicht ihm eine Sexting-Session gönnen.

Sie konnte nicht schlafen. Die Erkenntnis, dass ihr Kleid verflucht war, hielt sie wach. Und als sie endlich einschlief, tauchte das Kleid in ihren Träumen auf wie ein Stalker, der sie sogar im Schlaf verfolgte. „Lass mich in Ruhe!", schrie sie letztendlich auf, und das Geräusch ihrer eigenen aufgewühlten Stimme weckte sie auf.

Nicht sicher, ob sie ihren Verstand verlor oder ob sie in irgendeiner Zigeuner-Fluch-Gefahr steckte, tat sie, was sie immer tat, wenn sie sich einem schwierigen Problem gegenübersah. Sie rief Whitney und Sienna an und bat sie, sich mit ihr bei Wainright's zu treffen.

Als sie dort eintraf setzte sie sich an einen Tisch, bestellte ein Bier und wartete. Es störte sie nicht, dass sie ein paar Minuten zu spät waren, da sie einen anstrengenden Tag hinter sich hatte. Eine Fahrstunde am Morgen – während der Ben teuflisch grausame Tendenzen gezeigt hatte, als er sie in einen Parkplatz einparken ließ, der beinahe für einen Smartcar zu klein gewesen war – und dann hatte sie zwei Stunden in einer Geschichtsvorlesung verbracht, die so langweilig war, dass sie sich fragte, wie Menschen die tatsächliche Periode überlebt hatten, ohne en masse an Langeweile zu sterben.

„Ich wollte etwas mit euch besprechen", fing sie an, als sie eintrafen, und war sich nicht sicher, wie sie einen Fluch ansprechen sollte, und ob sie zuvor nicht ein bisschen mehr trinken sollten.

„Hi, es tut mir leid", sagte Sienna und hob eine Hand in die Luft, als wolle sie um Frieden bitten. „Es tut mir schrecklich leid, dass ich eine derart schreckliche Brautjungfer bin. Ich weiß, wir hätten uns um Dinge kümmern sollen, aber ehrlich gesagt ist meine Arbeit im Moment stressig und Bradley benimmt sich, als wäre er ein großes Baby, und verlangt, dass ich mich ständig um ihn kümmere. Aber nächste Woche werde ich Zeit dafür finden, ich verspreche es."

„Es ist schon in Ordnung." Sie hatte ihre Brautjungfern ausgewählt, weil sie sie mochte, nicht aufgrund dessen, wie effizient sie sein würden, sagte sie sich.

„Wir planen deine Junggesellinnenparty. Wir arbeiten daran, nicht wahr, Sienna?"

„Absolut", sagte Sienna, wobei sie ihr Gesicht verzog und auf den Tisch starrte. Niemand war eine schlechtere Lügnerin als Sienna.

„Das ist nicht der Grund, warum ich euch hierhergebeten habe", sagte sie und atmete tief ein. „Ich habe einen Artikel gefunden, in dem steht, dass mein Brautkleid verflucht ist."

Whitney hatte sich im Lokal umgesehen und drehte sich sofort um. „Wie bitte? Was hast du vom Fluch gesagt? Du wirst ihn an deinem Hochzeitstag haben?"

„Zu dumm."

„Nein. Nicht *der* Fluch. *Ein* Fluch." Sie starrte auf die beiden verwirrten Gesichter ihr gegenüber. „Ich habe online einen Artikel über die Designerin des Kleids, Evangeline, gefunden. Und über mein Kleid. Angeblich war Evangeline wütend auf eine arme Näherin, und die Frau hat daraufhin sowohl Evangeline, als auch das Kleid verflucht."

„Man kann Evangeline nicht verfluchen. Sie hat mit Englands heißestem Mann, Grant Bakersfield, zusammengelebt."

„Das hat die Näherin wohl nicht gewusst, weil sie das Kleid und die Designerin verflucht hat. Und jetzt habe ich dieses Kleid."

Sie war froh, dass sie damit zugegeben hatte, dass ihr Kleid schon einmal verwendet worden war, und sie es nicht näher erklären musste. Sie konnten sich auf den Teil mit dem Fluch konzentrieren.

„Wow."

„Meine Frage ist also, ob ein Kleid verflucht sein kann."

Whitney schnaubte und lehnte sich zurück, was bedeutete, dass sie eine Geschichte erzählen würde. „Oh ja. Mein blaues Zac Posen? Das, das ich im Ausverkauf bei Barney's gekauft habe? Total verflucht. Wirklich, das erste Mal, als ich es trug, hat sich dieser schreckliche Kerl nicht abwimmeln lassen und hat Schweißflecken hinterlassen, wo er seine Hand auf meine Schulter gelegt hat. Ich mache keine Scherze. Es hatte diesen großen, fleischigen Handabdruck aus Schweiß auf dem Rücken.

Ich habe das Kleid reinigen lassen, und als ich es zum zweiten Mal trug, hat Bradley mit mir Schluss gemacht."

„Bradley hat mit dir Schluss gemacht?"

Sie winkte mit der Hand ab. „Nur für ungefähr dreißig Minuten. Er steckte in einer künstlerischen Krise. Aber was ich damit sagen will ist, dass ich das Kleid nie wieder tragen werde. Es ist völlig verflucht."

„Also, was denkt ihr? Soll ich meiner Tante sagen, dass ich das Kleid, das sie mir gegeben hat, nicht tragen kann, weil es verflucht ist?"

Die drei dachten über das Problem nach. Schließlich sagte Whitney, die angehende Anwältin: „Du musst dir beide Seiten ansehen. Wenn du das Kleid nicht trägst, dann kannst du wahrscheinlich diesem angeblichen Fluch entgehen, aber dann wir Millicent auf dich sauer sein, was vielleicht ein noch größerer Fluch wäre." Sie nickten alle.

„Oder, du vergisst die ganze Sache und trägst das Kleid und alle sind glücklich."

„Angenommen, das Kleid ist nicht wirklich verflucht."

„Genau, oder der Fluch kann nicht wirklich mit dem Kleid vererbt werden."

Das ganze Gespräch führte dazu, dass sie sich trübsinnig fühlte und sich selbst leidtat. „Ich bekomme alles andere aus zweiter Hand, warum nicht auch einen Fluch?"

Sienna sagte: „Sieh dir die positive Seite der Sache an."

„Okay", sagte sie erwartungsfroh.

Sienna schien ihr Gehirn zu durchforsten. „Ich kann keine finden. Tut mir leid."

Ihr abendlicher Ausflug mit ihren Brautjungfern hatte ihr nicht dabei geholfen, das Problem des verfluchten Kleides zu lösen, aber er hatte ihr Eines deutlich gemacht.

Ihre Freundinnen waren großartig, aber sie waren beide viel zu sehr beschäftigt und sie waren nicht das zuverlässigste Paar. Sie brauchte Tasmine, die gemietete Brautjungfer. So sehr es sie störte, dass Grace eine Brautjunger und geheime Hochzeitsplanerin engagiert hatte, wurde ihr doch bewusst, nachdem ihre beiden besten Freundinnen die Bar mit dem Versprechen, sie in der kommenden Woche anzurufen, verlassen hatten, dass sie die Hilfe dringend nötig hatte.

Tasmines Telefonnummer war nicht schwer zu finden: sie war überall auf dem Ordner aufgedruckt. Als sie sie anrief und offiziell darum bat, ihre Brautjungfer zu sein, schien Tasmine nicht sehr überrascht zu sein. „Gerne, es wäre mir eine Freude", sagte sie als wäre sie mehr als erfreut, die Hochzeit von jemandem zu planen, den sie kaum kannte, und dann in einem Kleid, das sie nie wieder tragen würde, für Fotos zu posieren, die die Alben anderer Leute füllen würden. Wie auch immer. Ashley vermutete, dass es schlimmere Wege gab, um Geld zu verdienen.

Ashley las den online Artikel über Evangeline und ihr verfluchtes Brautkleid noch ein paar Mal. Sie schickte ihn an Whitney und Sienna, damit sie ihn auch lesen konnten. Das ungute, beinahe mulmige Gefühl, das sie bei dem Gedanken überkam, das Kleid bei ihrer Hochzeit zu tragen, gefiel ihr gar nicht. Sie wusste, dass eine Braut etwas Geborgtes an sich tragen sollte, aber sie wollte eindeutig keinen geborgten Fluch zu ihrer Hochzeit mitbringen!

KAPITEL 13

*E*s gab nur wenige Leute, mit denen sie über die Sache mit dem Fluch sprechen konnte. Eric kam nicht in Frage. Sein Beitrag zu den Hochzeitsvorbereitungen bestand bisher daraus, dass er ihr massenhaft Reisebroschüren für die Flitterwochen gebracht hatte. Er schien viel mehr an einem Urlaub in den Tropen interessiert zu sein, als an der eigentlichen Ehe. Er sprach vage über einen Kurs für Börsenmakler, aber sie war sich ziemlich sicher, dass er sich noch nicht angemeldet hatte. Und doch war Eric einer dieser Leute, die immer auf ihren Füßen landeten. Sie vermutete, er würde irgendetwas zustandebringen.

Es gab eine Person, die über den Fluch Bescheid wissen würde. Nun, es gab einige, die die Details kennen mussten. Die Designerin des Kleids, Evangeline, natürlich, eine Frau, die viel zu furchteinflößend war, als dass Ashley sie deswegen ansprechen würde. Die Näherin, die das Kleid verflucht hatte, aber wie würde sie diese Person finden? Und dann, letztendliche, die Braut, für die das Kleid ursprünglich entworfen worden war. Kate Winton-Jones.

Ashley kannte sie natürlich, da sie mit ihrem Cousin Ted

verlobt gewesen war, der in dem Poolhaus auf dem Anwesen gewohnt hatte. Er würde wissen, wie sie sie kontaktieren konnte. Wenn irgendjemand wusste, wie schlimm dieser Fluch war und welche Formen er annahm, dann musste diese Person Kate Winton-Jones sein.

Nachdem sie einen Tag lang darüber nachgedacht hatte, schickte sie Ted eine Nachricht. *Hallo Ted*, fing sie an. Das war ja nicht so schwierig. Aber was nun? Sie konnte ihm nicht die Wahrheit sagen, oder er würde sie wegen ihres Aberglaubens verspotten, also schrieb sie: *Ich muss etwas mit Kate besprechen. Nichts Wichtiges, nur eine Frage. Kannst du mir ihre Info schicken?*

Sie tippte auf schicken und zog ihren Badeanzug an, um ihre morgendlichen Runden im Pool zu drehen. Es war nicht so, dass sie vorhatte Ben zu sehen, aber sie wusste, dass die Möglichkeit bestand, dass er im Poolhaus an seinem Drehbuch arbeitete, dass er ihr zuwinken würde, wenn er sie sah und für sie beide Kaffee machen würde. Nach dem Schwimmen würde er ihr eine Tasse Kaffee bringen und sie würden ein paar Minuten plaudern. Vielleicht würde er ihr eine Fahrstunde anbieten. Außerdem würde ihr die Bewegung guttun. Sie hatte keinen Kater von ihrem Treffen mit ihren Freundinnen, aber sie hatte dieses leicht benebelte Gefühl, dass ein Bier weniger eine gute Idee gewesen wäre.

Bevor sie in den Pool sprang, schaute sie durch das große Fenster in das Poolhaus und sah den Drehbuchautor in seiner gewöhnlichen Position – über seine Tastatur gebeugt. Er hob seine Augen, als hätte er ihren Blick gespürt. Sie winkte ihm zu, und er winkte zurück, dann bevor sie kopfüber in den Pool sprang, hob er seine Kaffeetasse hoch und zeigte mit dem Finger darauf, und sie deutete mit beiden Daumen nach oben. Oh ja, wie würde nach dem Schwimmen auf jeden Fall einen Kaffee brauchen.

Sie streifte ihre Flip-Flops ab, ließ ihr Handtuch und das große, graue T-Shirt, das sie trug, auf einen nahestehenden Loungesessel fallen, und sprang dann in das saubere, kühle

Wasser. Wenn sie im Pool war, schien alles lösbar zu sein. Arme und Beine arbeiteten im gleichen Rhythmus, wenn sie schwamm. Sie hatte immer das Gefühl, dass sie auf ein Ziel zusteuerte, obwohl sie durch dasselbe Wasser hin und her schwamm, wie in so vielen Bereichen ihres Lebens. Als sie fertig war, hob sie sich aus dem Pool und atmete schwer. Ben kam mit zwei Tassen Kaffee aus dem Poolhaus, als hätte er sie beobachtet. Er wartete, bis sie sich abgetrocknet und ihr T-Shirt angezogen hatte, dann reichte er ihr die Tasse. Sie setzten sich auf ein Paar Loungesessel, und sie trank ihren Kaffee dankbar.

„Du warst heute Morgen wirklich zielstrebig unterwegs", sagte Ben und sah sie über den Rand seiner Tasse an. „Du hast so viele Wellen geschlagen, dass ich befürchtete, ein Hai wäre dir auf den Fersen."

Kein Wunder, dass sie nicht zu Atem kommen konnte. Sie hatte nicht bemerkt, wie schnell sie geschwommen war. Er musste ihren Gesichtsausdruck richtig gelesen haben, denn er fragte: „Liegt dir etwas auf der Seele?"

Und seltsamerweise, unter all den Personen in ihrem Leben, denen sie nicht von ihren Sorgen über das verfluchte – oder eher das vielleicht verfluchte – Kleid erzählen konnte, hatte sie das Gefühl, dass Ben die eine Person war, die tatsächlich Verständnis dafür haben könnte. „Wenn ich dich etwas frage, versprichst du, dass du mich nicht für verrückt halten wirst?"

Er schüttelte den Kopf ohne zu zögern. „Auf keinen Fall. Ich behalte mir jedes Recht vor, jetzt und in der Zukunft, dich für verrückt zu halten."

Sie musste lächeln. „Okay, da du mich bereits für verrückt hältst, macht es wahrscheinlich keinen Unterschied. Aber hier ist das Problem." Sie erzählte ihm von dem Artikel, den sie gelesen hatte, und von ihrer Angst, dass das Kleid verflucht sein könnte. Er hörte aufmerksam zu, und er lachte nicht, und er verspottete sie nicht. „Glaubst du an Flüche?", fragte sie schließlich.

Er schwieg einen Moment lang. Die endlose Sonne spiegelte

sich im Pool. „Das ist eine interessante Frage. Glaube ich an Flüche? Ich weiß es nicht. Ich denke, dass ein Fluch wahrscheinlich in beide Richtungen funktioniert. Was ich damit meine ist, dass, nehmen wir an, dass mich jemand verflucht und mir sagt, dass mir alle Haare ausfallen werden. Ich würde daran glauben müssen, damit meine Haare tatsächlich ausfallen. Wenn ich dem Fluch keinen Glauben schenke, dann wird mein Haar meiner Meinung nach auf meinem Kopf bleiben."

Sie nippte an ihrem Kaffee. Er machte guten Kaffee. Ihr Atem beruhigte sich langsam und sie hatte dieses wunderbare Gefühl der Entspannung, das sie nach einem guten Schwimmtraining immer hatte. „Du meinst also, dass auch wenn die Frau das Kleid verflucht hat, der Fluch mir nichts anhaben kann, wenn ich nicht an Flüche glaube?"

„Erinnere dich daran, dass ich kein Exorzist und kein Zigeuner bin. Ich bin nur ein Mann, der sein Geld damit verdient, Geschichten zu schreiben. Ich sage dir nur, was ich von Flüchen halte. Aber ich könnte damit völlig falsch liegen."

„Du hast wahrscheinlich recht." Sie sah zu ihm auf und spürte seine Nähe plötzlich auf ihrer Haut, so wie die Brise sanfte Wellen auf dem Pool erschuf. „Das Problem ist nur, dass ich vielleicht der Meinung bin, dass mich ein Fluch erwischt hat."

„Ja, das wäre ein Problem. Warum denkst du das?"

„Ich weiß es nicht. Mir kommt vor, dass alles viel zu schnell geht und jeder sich so über diese Hochzeit freut, und Leute schmeißen uns Partys und stellen Anzeigen in Zeitungen und liefern von Designern entworfene Brautkleider. Es ist viel zu einfach. Vielleicht warte ich auf eine Enthüllung."

Er betrachtete sie einen Moment lang ernst. „Ich glaube nicht, dass du etwas tun solltest, nur weil es einfach ist."

Einfach? Das tat sie nicht, oder? Sie liebte Eric. Es fühlte sich gut an, zur Abwechslung etwas richtig zu machen, das Gefühl zu haben, dass diese Hochzeit zwei sehr schwierige Familien glücklich machte. Eric schien keine Zweifel zu haben, warum sollte sie also?

Natürlich sagte sie Ben nichts davon. Was sie sagte war: „Ich habe Ted eine Nachricht geschickt und ihn um Kate Winton-Jones' Kontaktdaten gebeten. Das ist die Frau, die er hätte heiraten sollen. Sie hätte das Kleid eigentlich tragen sollen. Wenn irgendjemand etwas über diesen Fluch weiß, dann ist es Kate."

Er schien von dieser Logik nicht überzeugt zu sein. „Du könntest einfach ein neues Kleid tragen."

„Oh, glaube nicht, dass ich nicht darüber nachgedacht habe. Aber das Verlobungsgeschenk Millicent und Duncan vor die Füße zu werfen? Wenn alles so gut läuft?" Sie erschauderte. „Ich denke mir immer, dass es nur ein Tag ist, nur ein Kleid."

„Ein ziemlich wichtiger Tag. Ein ziemlich wichtiges Kleid."

„Ich werde mit Kate sprechen und dann entscheiden, was zu tun ist."

„Wir wäre es heute mit einer Fahrstunde?"

„Ich muss um zwei Uhr an der Uni sein." Sie drehte sich zu ihm. „Könnte meine Fahrstunde mich dorthin bringen?"

Er lächelte sie schief an. „Und danach hättest du gerne eine zweite Stunde, nehme ich an, während der du von der Uni nach Hause fährst?"

Sie blinzelte ihn an. „Es gibt dort ein ganz tolles Kaffeehaus. Du würdest so viel Arbeit erledigen können."

„Ich habe einen Vorschlag. Wenn dich dein Fahrunterricht zur Uni und wieder retour bringt, kommst du dann heute Abend vorbei und liest die neue Szene, die ich geschrieben habe?"

„Einverstanden."

Ashley ging nach Hause, duschte sich und aß Obst und ein Jogurt zum Frühstück. Sie versuchte, für die Hochzeit ein paar Kilo abzunehmen, aber es lief nicht wirklich gut. All das Schwimmen und Abnehmen der Welt würde sie trotzdem nicht wie eine Lilie aussehen lassen. Sie war athletisch und muskulös gebaut, nicht zierlich. Vielleicht war es das Kleid, das dazu verdammt war, sie in sich hineingestopft zu haben.

Nachdem sie ihr Geschirr abgespült hatte, sah sie ihre Emails durch und fand eine Antwort von Kate Winton-Jones.

Ihr Email war kurz und sie kam gleich auf den Punkt. „Hallo Ashley, Ted sagt, dass du mich suchst. Was gibt es? Ich würde mich freuen, von dir zu hören. Dies ist offensichtlich meine Email Adresse und hier ist meine Handynummer. Du kannst mich jederzeit anrufen."

Sie nahm ihr Handy und rief die Nummer an, die Kate ihr geschickt hatte. Ihre ehemalige beinahe-Schwieger-Cousine nahm gleich ab. „Kate Winton-Jones."

„Hi Kate, Ashley hier."

„Ashley. Schön, von dir zu hören." Und das Seltsame war, dass sie wirklich erfreut zu sein schien, von ihr zu hören.

Nun, da sie Kate am anderen Ende der Leitung hatte, wusste sie nicht, wie sie fortfahren sollte. Wie konnte sie eine durchaus intelligente, vernünftige, gebildete Frau fragen, ob sie glaubte, dass ihr Brautkleid verflucht sein könnte?

Sie suchte nach etwas, das sie sagen konnte, und rückte mit „Ich habe Neuigkeiten. Ich werde heiraten", heraus.

Es gab einen erstaunten Moment des Schweigens, dann sagte Kate: „Wirklich? Wen heiratest du?"

„Eric Van Hoffendam natürlich."

„Eric Van Hoffendam ... Das ist der große blonde Typ, nicht wahr?"

„Ja, das ist er."

„Das ist wunderbar. Hab ihr schon ein Datum festgelegt?"

„Samstag in vier Wochen."

„Wow. Das ist wirklich bald."

„Ich bin nicht schwanger." Das wäre aus dem Weg geschafft. „Wir haben uns entschlossen, zu heiraten, und haben keinen Sinn darin gesehen, noch ein Jahr oder länger zu warten. Wir heiraten auf dem Anwesen der Carnarvons, also müssen wir uns keine Sorgen machen, einen Veranstaltungsort zu finden."

„Klar, das macht Sinn."

Es folgte eine kleine Pause. Sie wünschte, sie hätte den Mut, den Fluch anzusprechen, aber wie sollte sie jemanden fragen, ob sie vor ihrer eigenen Hochzeit geflohen war, weil ihr dämliches Kleid verflucht war? Es würde sie beide völlig verrückt klingen lassen.

Es war Kate, die das Schweigen brach. „Es hört sich etwas seltsam an, aber ich sollte dir wahrscheinlich sagen, dass ich auch heiraten werde."

„Was?"

Kate lachte. „Ich weiß, es hört sich verrückt an. Aber mit Ted verlobt gewesen zu sein hat mich viel gelehrt. Ich habe mich mit etwas zufriedengegeben. Und als ich den Mann kennengelernt habe, den ich liebe, von dem ich glaube, dass ich ihn für immer lieben werde, nun, du weißt wie das ist. Wenn es die wahre Liebe ist, dann weiß man es tief im Inneren. Wahre Liebe kann man nicht vortäuschen. Entweder man fühlt sie, oder nicht."

„Absolut. Ich weiß genau, was du meinst." Obwohl sie sich in der Tat gar nicht sicher war. „Wann wirst du heiraten?"

„Dieses Wochenende. Auf Catalina Island. Es ist eine ganz kleine Hochzeit, aber warum kommst du nicht?"

„Nein, das ist nicht nötig. Ich hoffe wirklich, dass du glücklich sein wirst."

„Ashley, ich meine es ernst. Niemand namens Carnarvon wird dabei sein. Nicht einmal meine Mutter kommt. Es ist eine sehr kleine Hochzeit. Nur ein paar meiner engsten Freunde und ein paar von Nicks besten Freunden. Ich folge meinem Instinkt jetzt oft, anstatt alles zu planen, wie ich es früher getan habe. Und ich denke wirklich, dass du kommen solltest."

„Ich war noch nie auf Catalina Island." Was seltsam war, da es so nahe war, und wenn es wirklich eine kleine Hochzeit und alles ungezwungen war, dann würde sich vielleicht eine natürliche

Möglichkeit ergeben, um ein paar Fragen bezüglich des Kleids in ein Gespräch einzuflechten. „Also gut, ich würde gerne kommen. Darf ich jemanden mitbringen?"

„Natürlich. Wir heiraten im Freien, am Strand. Es ist also nicht so, als müssten wir Stühle zählen."

KAPITEL 14

Sie rief Eric sofort an. „Hallo Süße, was gibt's?", fragte er auf seine verschlafene Art und Weise.

„Kannst du am Samstag mit mir auf eine Hochzeit gehen?"

„Diesen Samstag?"

Er musste im Geiste die Liste aller Hochzeiten durchgehen, die sie zusammen besuchen mussten, und nichts finden. „Ich dachte, wir hätten ein hochzeitsfreies Wochenende."

„Das hatten wir, aber ich wurde gerade eingeladen. Es ist ein bisschen spontan, aber es ist Kates Hochzeit, die Frau, die meinen Cousin Ted hätte heiraten sollen. Sie hat uns zu ihrer Hochzeit eingeladen, und ich würde wirkliche gerne hingehen."

„Ich kann nicht, Ash. Ich muss mit meinem Vater und einigen seiner Freunde Golf spielen."

„Du spielst mit deinem Vater Golf?"

„Ja." Er hörte sich nicht wirklich glücklich an. „Es sind Typen, die er kennt, die mich vielleicht einstellen, wenn ich meinen Börsenmaklerkurs abgeschlossen habe. Wenn ich absage, wird er mir ewig deswegen auf die Nerven gehen."

„Okay, das verstehe ich. Ich hoffe, du hast Spaß. Und bitte

schicke mir ein Selfie von dir in Golfhosen, und versprich mir, dass du eine karierte Kappe trägst."

„He, ich sehe sogar in einer karierten Kappe gut aus." Und er hatte wahrscheinlich recht. Wenn jemand Schottenkaro sexy aussehen lassen konnte, dann war es Eric. Er fuhr fort: „Willst du am Nachmittag etwas unternehmen?"

„Kann nicht, muss in die Uni."

„Okay. Oh, ich glaube, ich habe es auf Tahiti und Bora Bora eingeschränkt."

Er sprach offensichtlich über ihre Flitterwochen. „Bora Bora? Ich wusste nicht einmal, dass das eine Option war."

„Das war es nicht, aber das Reisebüro hat dieses echt coole Hotel gefunden. Es hat sieben Sterne oder so, und es gibt hunderte Sportarten, man kann tauchen und schnorcheln und mit Rennboten fahren. Sieht unglaublich aus. Oh, und es gibt eine Wellnesslandschaft für dich."

„Hört sich toll an."

„Ich schicke dir den Link."

„Ich werde ihn mir ansehen."

Sie versuchte, nicht enttäuscht zu sein. Natürlich hatte Eric an einem Samstag schon etwas vor. Aber mit seinem Vater Golf spielen? Er musste es mit der Jobsuche und dem Erwachsenenleben wirklich ernst meinen. Was gut war, sagte sie sich. Es war sehr gut. Es war nur irgendwie langweilig und sah Eric gar nicht ähnlich.

„IN DEN PLATZ PASSE ICH NICHT", argumentierte sie. „Und er ist sowieso auf der falschen Seite."

„Du schaffst es", antwortete Ben in seinem beruhigenden Fahrlehrerton. „Und er ist nicht auf der falschen Seite, er ist nur auf der linken Seite, anstatt immer auf der rechten Seite der Straße zu parken."

Sie paffte genervt Luft aus, obwohl es ihr gefiel, dass er sie immer mit einer Herausforderung überraschte. Tatsächlich war sie eine ausgezeichnete Fahrerin, und sie wussten es beide. Sie fuhr mit dem Auto, das traumhaft zu handhaben war, rückwärts, bis ihre Hinterreifen auf gleicher Höhe mit dem Auto waren, hinter dem sie einzuparken versuchte. Sie drehte das Lenkrad und fuhr rückwärts in den Parkplatz, um in perfekter Position zum Stehen zu kommen.

„Gut gemacht", sagte er.

„Danke. Ich habe einen guten Lehrer."

„Das stimmt. Aber ich habe eine ausgezeichnete Schülerin."

„Darf ich wieder auf die Autobahn fahren?" Sie liebte es, ohne Dach auf der Autobahn herumzufahren.

„Klar. Du hast es dir verdient. Du weißt, dass du bereit bist, die Fahrprüfung zu machen, oder? Ich bin der Meinung, dass du sie bestehen würdest."

„Oh." Sie hatte, um ehrlich zu sein, gar nicht mehr an ihre Fahrprüfung gedacht. Sie genoss ihre Fahrstunden zu sehr. Sie genoss es, mit Bens Auto zu fahren und ihn neben sich sitzen zu haben und ihr entweder beruhigenden Rat oder hilfreiche Tipps zu geben. Als sie mehr Selbstvertrauen bekam, ließ er sie fahren, während sie über alles und jedes sprachen. Wenn sie die Fahrprüfung bestand, würde sie all das verlieren. Außerdem hatte sie sowieso kein Auto, mit dem sie fahren konnte. „Können wir noch eine Woche länger üben?"

„Natürlich. Du musst dich wirklich wohl fühlen und selbstbewusst sein, bevor du die Fahrprüfung machst." Sie könnte sich irren, aber sie hatte das Gefühl, dass er erleichtert darüber war, ihre Fahrstunden noch eine Woche fortzusetzen.

Sie hatte eine Idee. „Weißt du, was wirklich gut für meine Fahrkünste wäre?"

„Nein, aber ich nehme an, dass deine Idee mir und meinem Auto Umstände bereiten wird."

Verdammt, er konnte sie lesen wie ein Buch. „Ich wollte dich am Samstag nach Catalina Island einladen, aber wenn du nicht willst, dann werde ich dich nicht mitnehmen. Auch gut."

Er drehte sich zu ihr, um sie anzustarren. „Du weißt, dass auf Catalina Island keine Autos erlaubt sind, oder?"

Nein, das wusste sie nicht, aber sie würde sich ihren Mangel an Wissen nicht anmerken lassen. Sie sagte: „Natürlich weiß ich das. aber wir müssen bis dorthin fahren, wo die Fähre abfährt." Was, wie sie wusste, irgendwo südlich von hier war. Sie würde die genaue Wegbeschreibung im Internet finden.

„Was ist die große Attraktion auf Catalina?"

„Eine Hochzeit."

„Eine Hochzeit? Wer heiratet?

„Kate Winton-Jones."

Er nickte und verstand den ganzen Plan, bevor sie auch nur ein Wort sagen musste. Es war großartig, mit jemandem zusammen zu sein, der derartig einfühlsam war. Es ersparte ihr so viele Erklärungen. „Natürlich. Du kannst sie wegen des Kleides fragen."

„Genau."

Er dachte ein paar Minuten darüber nach. „Ich nehme an, dass ich mir Samstag freinehmen kann. Warum nicht."

DIE HOCHZEIT von Kate und Nick hätte sich nicht mehr von der Hochzeit unterscheiden können, die für Kate Winton-Jones und Edward Carnarvon III geplant gewesen war. Ashley trug eines ihrer sommerlichen Lieblingskleider, eine blau und schwarz gemusterte Nummer, die von einer Frau entworfen worden war, die die Kunstschule in L.A. besuchte. Dazu trug sie klobige schwarze Sandalen und viel Sonnencreme.

Ben sah gleichzeitig lässig und elegant aus in derselben beigen Hose, die er zu ihrer Verlobungsparty getragen hatte, und einer braunen Leinenjacke. Er ließ sie fahren und sie lachten und plauderten den gesamten Weg, bis sie die Fähre bei Dana Point erreichten. Es war leicht, die anderen Gäste zu erkennen, die auf dem Weg zur Hochzeit waren, da sie auch in Geschenkpapier gewickelte Päckchen und legere, doch feierliche Kleider trugen.

Ashley war eine recht umgängliche Person, und so war bald eine lachende Gruppe auf dem Weg zur Hochzeit. Sie traf Nicks Arbeitskollegen und Freunde von Kate, die sie nie zuvor gesehen hatte. Kate war nur wegen Ted ein Teil ihres Lebens gewesen, also kam sie sich ein bisschen seltsam dabei vor, auf diese Hochzeit zu gehen, und doch fühlte es sich irgendwie richtig an. Verflucht oder nicht, das Kleid verband sie und verband dadurch ihr Schicksal. Anstelle des von Evangeline entworfenes Kleides trug Kate ein weißes sommerliches Baumwollkleid, einen großen Strohhut und Sandalen. Ihr Bräutigam war ebenso leger gekleidet. Er trug Jeans, eine blau und weiß gestreiftes Hemd und Leinenschuhe. Die strahlende Glückseligkeit, die die beiden umhüllte, konnte nicht geleugnet werden. Sie hielten Händchen, als könnten sie es nicht aushalten, einander nicht zu berühren. Sie begrüßten jeden einzelnen Gast herzlich, und als Ashley bei der Braut und dem Bräutigam ankam, umarmte Kate sie impulsiv. „Ich bin so froh, dass du hier bist."

In diesem Moment erinnerte sich Ashley daran, dass Kate ihr, als sie sich das letzte Mal gesehen hatten, die Pölsterchen gegeben hatte, die Evangeline Kate gegeben hatte, um das Kleid besser auszufüllen. Ashley benötigte sie natürlich nicht, um das Kleid auszufüllen, aber sie trug sie gerne zum Spaß.

Bevor sie ihren Begleiter vorstellen konnte, streckte Nick ihm seine Hand entgegen. „Sie müssen Eric sein."

„Ich bin nicht Eric", antwortete Ben. Er streckte seine Hand aus. „Ich bin Ben. Und das ist eine großartige Hochzeit."

Ashley sagte schnell, bevor irgendjemand auf falsche Gedanken kommen konnte: „Eric hat es heute nicht geschafft, weil er schon etwas vorhatte. Ben ist ein guter Freund. Er bringt mir das Autofahren bei."

„Gut. Es ist höchste Zeit, dass du es lernst", sagte Kate. Sie wandte sich an Ben.

„Obwohl Ashley mir einmal geholfen hat, ein Fahrrad zu stehlen."

Sie lachte. „Das habe ich tatsächlich getan, nicht wahr? Hast du es behalten?"

Kate schüttelte den Kopf. „Ich glaube, Ted hat es wieder in die Scheune gestellt, und niemand hat je etwas davon erfahren. Es war keine wirklich verbrecherische Tat, aber es hat Spaß gemacht."

Sie würde den Anblick der untröstlichen Kate nie vergessen, als sie eines der zehngängigen Fahrräder fuhr und dabei eine reflektierende Weste, die sowohl schimmlig, als auch viel zu groß für sie über ihrem eleganten Kleid war, trug, und dann davonradelte, als ob die Höllenhunde hinter ihr her wären.

„Das war die Nacht, in der ich Nick kennenlernte."

Natürlich. Kein Wunder, dass die beiden eine derartige Verbindung hatten.

Alle Gäste gingen mit der Braut und dem Bräutigam zu dem Ort, an dem die Hochzeit stattfinden würde. Es war an einer Klippe, von der aus man über das Meer sehen konnte. Es gab keinen blumengeschmückten Bogen, keine Brautjungfern, keine Blumenmädchen. Es gab nur die Braut, den Bräutigam, ihre Trauzeugen – eine lebhafte Latina namens Lissa und Nicks Bruder. Die Hochzeitsgäste standen wo sie wollten, oder setzten sich aufs Gras, wenn sie sitzen wollten. Der Friedensrichter war ein älterer Mann, der einen Blazer über einem Grateful Dead T-Shirt trug. Er hielt die Zeremonie kurz, aber sie spürte trotzdem Tränen aufsteigen, als diese zwei Menschen, die so offensichtlich ineinander verliebt waren, einander ihre Liebe und ihr Leben versprachen. Der Hochzeitsempfang fand in einem Restaurant auf der Insel statt. Alle waren glücklich und die Zusammenkunft hatte eine angenehme Atmosphäre, als hätten sich eine Gruppe alter und neuer Freunde an einem schönen Tag getroffen, um einen netten Nachmittag zu verbringen. Nach einer Weile bat Nick, eher spontan als geplant, den Eigentümer des Restaurants, gekühlten Champagner zu bringen, und Kellner brachten Tablettes mit gefüllten Sektflöten für alle. Als jeder ein Glas hatte, nahm Nick Kates Hand und brachte sie in die Mitte des Raums.

Alle versammelten sich um sie und verfielen in Schweigen. Als Ashley zu Nick und Kate sah, wusste sie, wie sich Liebe anfühlen musste. Die beiden nur zu beobachten, wie sie einander in die Augen schauten, ließ sie tiefgründige Resonanz spüren. Sie drehte sich um, um Ben zu finden, gerade, als er mit einem entschlossenen Blick auf sie zukam. Er stellte sich neben sie und nahm ihre Hand. In dem Moment war es ihr egal, ob sie nur Freunde waren, mehr als nur Freunde waren, oder ich-wünschte-wir-könnten-mehr-als-nur-Freunde-sein waren. Sie verschränkte ihre Finger mit seinen und genoss die warme Strömung zwischen ihnen.

Nick räusperte sich, sah seine Braut an und sagte: „Ich werde, so lange ich lebe, nie den Moment vergessen, an dem ich Kate zum ersten Mal gesehen habe. Es war in einem Restaurant an einem geschäftigen Freitagabend. Als ich sie sah, war ich zuerst von ihrer Schönheit verzaubert, wie jeder, der Augen hat, verstehen wird." Kate verdrehte die Augen und schüttelte den Kopf, aber sie errötete trotzdem. Nick grinste sie an und fuhr fort: „Dann hat sie aufgeblickt und mich dabei erwischt, wie ich sie angestarrt habe. Normalerweise, wenn einen ein Mädchen dabei erwischt, dass man es anstarrt, tut man so, als wäre es unabsichtlich gewesen und wendet sich ab. Aber ich konnte es nicht. Sie sah mich mit diesen großen blauen Augen an, und ich hatte das Gefühl, dass eine Bombe in meinem Innersten explodierte. Niemand sagt einem, dass es wehtut, wenn man sich verliebt, dass es so unangenehm ist, als wenn einem eine Bombe in der Brust explodiert, aber glaubt mir, wenn ihr es noch nie erlebt habt, genau so fühlt es sich an.

„Dort sitze ich also, mit dieser massiven Explosion in meinem Inneren, und irgendwie weiß ich, dass sich mein Leben gerade für immer verändert hat. Es gibt jede Menge Lieder und Gedichte, aber ich werde uns nicht alle in Verlegenheit bringen und sie vortragen, aber sie handeln alle von Liebe auf den ersten Blick. Ehrlich gesagt habe ich nie daran geglaubt. Ich dachte, irgendjemand hätte das erfunden, um Glückwunschkarten und herzförmige Schokolade am Valentinstag zu verkaufen. Aber dann ist es mir passiert. Ich habe dich einmal angeschaut, Kate Winton-Jones und mich in dich verliebt."

In dem Moment versagte ihm die Stimme, und sie konnte Tränen in ihren Augen aufkommen spüren und sich vorstellen, dass alle anderen im Raum ebenfalls mit ihren Gefühlen kämpften. Nick räusperte sich noch einmal und sagte: „Kate, ich weiß nicht, was die Zukunft für uns bereithält. Ich hoffe, sie bringt uns nur Freude und Glückseligkeit. Aber Eines kann ich dir versprechen. Ich liebe dich seit dem ersten Moment, an dem ich dich gesehen habe, und ich werde dich bis ans Ende meines Lebens lieben. Ich verspreche dir, dass ich der beste Ehemann sein werde, der ich sein kann, der beste Freund, der ich sein kann, und so Gott will, der beste Vater, der ich sein kann. An diesem besonderen Tag, vor unserer Familie und unseren Freunden, möchte ich es laut und deutlich sagen. Ich liebe dich." Dann hob er sein Glas und sagte: „Auf die Liebe."

Es war ein ungewöhnlicher Trinkspruch. In ihrer Erfahrung mit Hochzeiten waren Trinksprüche immer auf die Braut, den Bräutigam, die Brautjungfer oder das glückliche Paar ausgerichtet. Wer trank auf die Liebe? Und doch, in diesem Moment, schien es perfekt zu passen, und alle hoben ihr Glas und wiederholten: „Auf die Liebe."

Sie hörte das Echo der Worte von dem Mann, der ihre Hand hielt. Als der Nachmittag fortschritt gab es mehr Lachen und Schulterklopfen und mehr Champagner und Kuchen. Sie dachte an all die Hochzeiten, die hundert Mal mehr gekostet hatten als diese, und wie viel mehr Spaß sie bei Kate und Nicks ungezwungener Feier hatte.

Sie fand ein paar Minuten, um sich mit Kate allein zu unterhalten und konnte mit großer Aufrichtigkeit sagen: „Das ist eine der besten Hochzeiten, die ich je erlebt habe."

„Danke", lachte Kate. „Es ist bei Weitem die beste Hochzeit, die ich je erlebt habe."

„Das ist wahrscheinlich ein wirklich unpassender Zeitpunkt, um dich das zu fragen, aber ich muss dich um deinen Rat bitten."

Kate wurde sofort ernst – Ashley erinnerte sich daran, dass sie für eine Stiftung gearbeitet hatte, die in Schwierigkeiten geratene Mädchen beriet. „Willst du irgendwo hingehen, wo wir mehr Privatsphäre haben und reden?"

Sie schüttelte den Kopf und lächelte. „Nein, es ist nichts Derartiges. Ich komme mir dumm vor, dich überhaupt zu fragen, aber ich habe diesen Artikel im Internet gefunden." Sie machte eine Pause. „Nein, warte, ich muss von vorn anfangen. Als Tante Millicent und Onkel Duncan herausgefunden haben, dass ich mit Eric verlobt war, waren sie wirklich erfreut. Ich weiß nicht, ob dir das bewusst ist, aber ich war immer diejenige in der Familie, von der alle dachten, dass nie etwas aus ihr wird. Also war es ziemlich toll, dass sie plötzlich der Meinung waren, ich hätte etwas Großartiges getan. Jedenfalls hat Tante Millicent mir kurz darauf ...", sie sah sich um, um sicherzugehen, dass niemand in Hörweite war, und senkte ihre Stimme noch mehr, „dein Evangeline-Kleid geschenkt. Das, das du nicht getragen hast."

Kates Augen weiteten sich. „Wow. Ich habe nie auch nur darüber nachgedacht, was mit dem Kleid passiert ist. Aber das ist großartig, es ist ein schönes Kleid."

„Das ist es. Es ist ein schönes Kleid. Aber, und bitte halte mich nicht für verrückt, ich habe in diesem Artikel gelesen, dass das Kleid verflucht worden ist."

Wenn sie erwartet hatte, das Kate lachen und ihr versichern würde, dass der Fluch völliger Unsinn war, um mehr Augen auf eine Klatsch-Website zu lenken, dann hatte sie sich geirrt. Kate war ziemlich ernst, als sie sagte: „Ich weiß nicht, wo sie die Geschichte ausgegraben haben, aber es stimmt."

„Es stimmt, dass mein Brautkleid verflucht ist?"

Kate schwieg einen Moment lang, dann antwortete sie: „Es war wirklich ein schrecklicher Moment. Ich war bei einer Anprobe und eine der Näherinnen hat mich unabsichtlich mit einer Nadel gestochen. Evangeline hat die arme Näherin angeschrien – nicht, weil sie mich verletzt hat, aber weil ein winziger Tropfen Blut in die Seide durchgesickert ist. Und mach dir deswegen keine Sorgen, sie haben den Fleck entfernen können. Aber die Näherin hat sich plötzlich wie eine Figur aus der Mythologie oder einem Horrorfilm erhoben und sowohl Evangeline als auch das Kleid verflucht und ist dann verschwunden. Das Meiste davon war in einer fremden Sprache, aber sie hat es auch in deutlichem Englisch erklärt."

Ashley spürte, wie sich ihre Augen weiteten. „Glaubst du, dass du deswegen nicht geheiratet hast? Weil das Kleid verflucht war?"

Kate schüttelte den Kopf. „Erstens glaube ich nicht an Flüche. Andererseits glaube ich auch nicht an Geister, was aber nicht bedeutet, dass ich mich nicht zu Tode fürchten würde, sollte ich einen sehen. Weißt du, was ich damit meine?"

Ashley nickte. Sie wusste genau, was sie damit meinte, da sie die ganze Sache mit dem verfluchten Brautkleid genauso betrachtete.

„Ich bin letzten Endes vor meiner Hochzeit geflüchtet und habe damit viel Aufruhr und Feindseligkeit hervorgerufen. Aber ich würde es sofort wieder tun. Um ehrlich zu sein, war es nicht das Kleid, das verflucht war. Wenn irgendetwas verflucht war, dann war es meine Verlobung mit Ted. Ted ist ein wunderbarer Mann, aber er ist viel glücklicher mit Marlene. Wir haben uns beide etwas vorgemacht." Sie nahm Ashleys Hände in ihre und drückte sie kurz. „Wenn du Eric liebst und Eric dich liebt, dann wird euch keine erboste Näherin im Weg stehen."

Wenn du Eric liebst und Eric dicht liebt ... „Genau. Du hast natürlich recht. Ich bin nur nervös wegen der Hochzeit."

„Das ist völlig normal." Dann neigte sie ihren Kopf zur Seite. „Andererseits war ich vor dieser Hochzeit überhaupt nicht nervös. Mein Körper und mein Verstand und mein Herz haben alle jedes Mal Ja gesagt, wenn ich an diesen Tag gedacht habe. Ich weiß, dass ich das Richtige tue und die Liebe meines Lebens heirate." Sie schaute Nick durch den Raum hinweg an. „Meiner Meinung nach hat ein Fluch keine Chance gegen die wahre Liebe."

DIE FÄHRE zurück war kurz davor abzulegen, und alle Hochzeitgäste, inklusive der Braut und dem Bräutigam, stellten sich am Hafen an und waren bereit zu borden. Ben wandte sich plötzlich an Ashley. „Weißt du was, ich habe die Insel noch nie gesehen. Es gibt noch eine Fähre in zwei Stunden. Willst du hierbleiben?"

Seit sie während der Hochzeit Händchen gehalten hatten, hatte sie dieses Gefühl von Unwirklichkeit gehabt, als wäre dies eine magische Insel, auf der die normalen Regeln nicht galten. Sie hatte das seltsame Gefühl, dass es ihm genauso ging, und dass der Zauber vergehen würde, sobald sie die Fähre betraten. Und trotzdem zögerte sie.

Sie beobachtete, wie Nick und Kate an Bord gingen, lachten und sich an den Händen hielten und sie nickte. „Ja. Ich würde gern diese hübschen kleinen Gässchen entlang gehen und den botanischen Garten besuchen. Ich wünschte, ich hätte meine Wanderschuhe gebracht; es sieht so aus, als könnte man hier gut wandern."

Er nahm ihre Hand und wieder ließ sie ihn. „Komm, sehen wir uns um."

Es war ein steiler Weg hinauf zum botanischen Garten, und sie blieb ein paar Mal stehen, um die Aussicht zu genießen, hauptsächlich, um nach Luft zu schnappen. Die Insel hatte wirklich etwas Magisches an sich. Die winzigen Häuser sahen aus wie Hütten aus einem Märchen, die Luft war warm und das Meer glitzerte um sie herum. Über den Gärten war das Wrigley Memorial. Sie spazierten entlang der sich windenden Pfade, bewunderten Blumen und Pflanzen und gingen dann hinauf zu dem Memorial, das eine atemberaubende Aussicht über die Insel und das Meer bot.

Sie unterhielten sich nicht viel und ihre gewöhnlichen kameradschaftlichen Scherze und Gespräche fehlten seltsamerweise. Sie hatte das Gefühl, dass er etwas abgelenkt war, und um die Wahrheit zu sagen war sie selbst ein bisschen abgelenkt.

Als sie nebeneinanderstanden und die Aussicht bewunderten, sagte sie: „Ich bin so froh, dass wir heute hierhergekommen sind. Das was eine der schönsten Hochzeiten, die ich je erlebt habe." Sie wandte sich ihm zu. „Danke, dass du mit mir gekommen bist."

Er sah sie einen endlosen Moment lang an, und sie konnte nicht wegschauen. Sie dachte an die Worte, die Nick über die Wucht gesagt hatte, die man spürte, wenn man demjenigen in die Augen sah, ihn den man sich verliebte. Er kam ihr näher, bis sie sich beinahe berührten. „Ben, ich ..." Sie hatte keine Ahnung, wie sie den Satz beenden sollte, und dann war es plötzlich egal. Er legte seinen Zeigefinger unter ihr Kinn und hob ihr Gesicht. Sie sträubte sich nicht. Dieser Moment war seit dem peinlichen Beinahe-Kuss bei der Verlobungsparty unvermeidbar gewesen. Sie wusste, dass sie nicht den Rest ihres Lebens leben konnte, ohne Ben zumindest geküsst zu haben, ganz egal, was passieren würde.

Er legte seinen Mund auf ihren und für einen Moment fühlte sie nichts, außer den warmen Druck seiner Lippen auf ihren und das Gefühl seines Körpers, der sich bewegte, um sich ihrem anzupassen. Sie hob ihre Arme und legte sie um seinen Hals, und dann, wie in einer verspäteten Reaktion, explodierten Feuerwerke überall auf ihrer Haut. Sie hatte sich noch nie so lebendig gefühlt, oder so voll Sehnsucht, und plötzlich verwandelte sich dieser leichte, sanfte Kuss in dieses überwältigende Aufeinandertreffen zweier Körper und Seelen und Geister und sie konnte nichts dagegen tun. Sie fühlte sich von einer Welle der Leidenschaft davongetragen, die sie nicht verstehen konnte, ganz zu schweigen davon etwas dagegen tun zu können. Er zog sie näher an sich. Sie zog ihn näher an sich. Sie wollte unter seine Haut kriechen. Als ihr Mund sich ihm öffnete und er seine Zunge in sie schob, wünschte sie, dass er überall in ihr wäre. Sie küssten sich sehr, sehr lange, und als er sich langsam entfernte, fand sie sich atemlos wieder.

Er sah sie mit traurigen, reumütigen Augen an: „Das habe ich befürchtet."

Sie wusste genau, was er damit meinte. Es hatte keinen Sinn, über das, was gerade passiert war, zu reden. Nick hatte über eine Explosion in seiner Brust gesprochen, und sie wusste genau, worüber er gesprochen hatte.

Sie griff nach ihrem Verlobungsring, drückte ihren Daumen dagegen, bis die Kanten des Steins wehtaten, um sich an ihre Realität zu erinnern, die diamantenharte Realität, dass sie mit einem anderen Mann verlobt war.

KAPITEL 15

uf der Rückfahrt waren Ashley und Ben viel ruhiger, als sie es auf dem Weg zur Hochzeit gewesen waren. Es gab so viel, was sie ihm sagen wollte, ihn fragen wollte. So viel, was sie von ihm kommen spürte. All diese unausgesprochenen Gefühle drohten sie zu ersticken, also öffnete sie das Dach des Autos, ohne ihn zu fragen, ob es ihm recht war. Es war finster und der starke Wind auf der Autobahn war kalt, aber das war ihr egal. Sie wollte all die Verrücktheit dieses Tages wegblasen. Wenn sie die Wärme seiner Arme um sie mit dem kalten, beißenden Wind ersetzen konnte, würde ihre Haut vielleicht vergessen, wie es sich angefühlt hatte.

Und wenn sie ihre Zähne lang genug putzte, würde sie vielleicht jede Erinnerung an seinen Kuss wegbürsten. Ja, ganz bestimmt.

Als sie dem Carnarvon-Anwesen näher kamen, ließ sie das Dach wieder herunter. Das Schweigen schien riesig zu sein. Wie ein höhlenartiger Leerraum, der darauf wartete, gefüllt zu werden. Sie sagte: „Ich bin nicht die Einzige, oder?"

„Nein."

„Ich erinnere mich noch daran, wie besessen ich von dir war in dem Sommer, als ich ein Teenager war."

Er nahm ihre Hand. „Es war das Schmeichelhafteste, das mir je passiert ist."

„Danke. Aber ich bin kein Teenager mehr."

„Ich weiß."

„Als ich fünfzehn war, war es einseitig."

„Größtenteils."

„Jetzt?"

„Jetzt ist es das nicht mehr."

Zumindest hatte sie das, woran sie sich festhalten konnte. „Aber meine Verlobung ist nicht das Einzige, das zwischen uns steht, oder?"

Er drückte ihre Hand kurz. „Nein."

Ihr war nicht danach, endlose Frage zu stellen und einsilbige Antworten zu erhalten, also schwieg sie. Es dauerte eine Weile, bevor er sprach, aber als er es tat, konnte sie den Schmerz in seiner Stimme hören. „Ich musste meinem Agenten versprechen, dass ich mich ein Jahr lang von allen Frauen fernhalte."

„Ein *Jahr*?"

„Ja." Er stieß laut den Atem aus. „Du weißt über Vanessa Bescheid. Die Geschichte beruhigt sich langsam, aber sie ist eine Expertin darin, die Medien zu manipulieren. Ich könnte eventuell unter dem Radar mit einer Frau ausgehen, die kein öffentliches Profil hat."

„Aber über meine Verlobung wird überall berichtet."

Er nickte. „Grace Van Hoffendam kann mit den Medien beinahe so gut umgehen wie Vanessa."

„Und wenn ich Eric für dich verlasse, würde das nicht gut für deine Karriere sein." Sie hörte sich verbittert an, das wusste sie, aber es war ihr egal. Sie fühlte sich verbittert.

Ben war innerhalb weniger Tage nach ihrer Verlobung aufgetaucht. Sie fragte sich nun, ob sie so schnell Ja gesagt hätte, wenn Eric eine Woche später um ihre Hand angehalten hätte.

Als hätte er ihre Gedanken gelesen, sagte er: „Das Timing ist wirklich schrecklich für uns beide."

„Ich weiß."

„Es gibt viele gute, praktische Gründe, warum du Eric heiraten solltest."

„Und nur einen, warum ich es nicht tun sollte."

„Können wir das nicht jetzt besprechen? Bitte? Ich will mein Drehbuch fertig schreiben und mit dir jeden Morgen Kaffee am Pool trinken und unsere Fahrstunden fortsetzen."

Ein Rausch der Gefühle drohte sie zu ersticken, also nickte sie nur.

WAS WAR LOS MIT IHM? Fragte Ben sich, während sie die letzten paar Kilometer nach Hause fuhren. Angst. Er hatte Angst. Als er zwanzig war und Ashley nur fünfzehn, hatte er sie abweisen müssen. Aber jetzt? Jetzt, da sie eine Frau von fünfundzwanzig war und er sich als Mann von dreißig verkleidete? Dachte er wirklich, dass seine Karriere wichtiger war als sein Glück? Denn Ashley machte ihn glücklich. Und, was viel wichtiger war, sie ließ ihn authentisch sein. Das kam in L.A. nicht oft vor; er hatte bemerkt, dass, je erfolgreicher er wurde, desto mehr Leute ihm sagten, wie wunderbar er war. Sie häuften trügerische Komplimente aufeinander, nannten ihn ein Genie, begabt, brillant, bahnbrechend. Mit der Zeit wurde es leicht, der Schmeichelei Glauben zu schenken. Aber nicht mit Ashley. Von dem Moment an, als sie das Klischeebild seiner weiblichen Hauptfigur und seinen gekünstelten Dialog verspottet hatte, hatte er sie sich als die Person vorgestellt, die in einem dunklen Kino saß und zusah, wie seine Geschichte sich entwickelte.

Wenn er etwas schrieb, dass er für lustig hielt, fragte er sich, ob sie lachen würde. Wenn die Szene traurig war, würde sie

Ashley zum Weinen bringen? Vielleicht war sie keine Meerjungfrau und nicht Cinderella. Vielleicht war sie seine Muse.

Er war in Gedanken verloren, als sie beim Haupttor ankamen. Er fand die Fernbedienung und gab den Code ein. Das Tor öffnete sich leise und ließ sie hinein, schloss sich dann genauso leise hinter ihnen. Sie fuhr weiter, ihre fähigen Hände lenkten das Auto. Sie parkte auf seinem Parkplatz hinter dem Poolhaus und stellte den Motor ab. Es war schrecklich ruhig.

Sie sah zu ihm hinüber; ihre Augen schienen groß und leuchtend und strahlten eine Kaskade von Emotionen aus. Mit Schmerz. Sie reichte ihm die Schlüssel. „Danke, dass du mit mir zur Hochzeit gekommen bist", sagte sie sanft.

Er war nicht sicher, was er sich dabei gedacht hatte, aber er konnte sie nicht gehen lassen, nicht so. „Ashley ..."

Sie öffnete die Tür ohne ihn ausreden zu lassen „Ich muss gehen."

Er streckte seine Hand aus und erwischte sie am Handgelenk. „Ashley, bitte, ich bin ein Narr. Alles, was ich sagte, war nur, weil ich Angst habe." Und jetzt kam er sich dumm vor, es auch nur auszusprechen.

Sie schüttelte den Kopf und entzog ihre Hand seinem Griff. „Nein. Du hast recht. Die Hochzeit und all die Emotionen haben mich ein bisschen verrückt gemacht. Danke, dass du mich wieder zurück auf die Erde geholt hast. Wirklich."

Als er es aus dem Auto schaffte, ging sie bereits davon.

Er fluchte leise, als er sie dabei beobachtete. Er war davon überzeugt, dass er noch nie etwas getan hatte, was er mehr bereuen würde. Aber was konnte er tun? Es war spät, sie wohnte mit ihrer Mutter zusammen. Er konnte nicht wirklich in das Cottage stürmen und sie konfrontieren. Er würde bis morgen warten und hoffen müssen, dass sie wie immer kommen würde, um zu schwimmen. Vielleicht würde ihm bis dahin etwas Brillantes einfallen, was er ihr sagen konnte, etwas, was sie davon überzeugen würde, dass er sie in seinem Leben haben wollte.

Seine Nacht war in höchstem Maße unproduktiv. Er konnte nicht schlafen, er konnte nicht arbeiten, er konnte seinen Geist nicht beruhigen. Er war alt genug, um beide Seiten von Ashley zu sehen. Er sah die Frau, die so sehr daran gewöhnt war, Kleider aus zweiter Hand und anderes Übriggebliebene zu bekommen, dass sie sich unbewusst selbst als Zweitbeste sah. Er sah auch die äußerlich harte, mir-ist-alles-egal Person, die sie wie ein Schutzschild vor sich hertrug.

Aber es gab eine Version von Ashley, von der er dachte, dass vielleicht nur er sie sehen konnte. Die Frau, die jede Heuchelei durchschaute, weil sie mit so viel davon aufgewachsen war. Die Frau, deren grundlegende Ehrlichkeit und Anständigkeit ihn dazu brachte, die Welt zu einem besseren Ort für sie machen zu wollen. Er wollte, dass sie endlich die Erste war. Aber war er dafür bereit? War er wirklich bereit, eine Frau zu nehmen, die mit einem Mann verlobt war, der ein verwöhnter Trottel sein mochte, aber theoretisch zumindest wie ein guter Fang aussah? Wollte er sie von ihrer Verlobung fortlocken? Und ihr was anbieten? War er überhaupt dazu bereit, sich niederzulassen?

Vielleicht verbrachte er zu viel Zeit in der Welt der Fantasie und Märchen und mit Drehbüchern, die ein vorherbestimmtes Ende hatten, aber er wollte ein Happy End mit großem Trara für sie. Sie verdiente es. Mehr, als sie es verdiente, den ausrangierten Verlobungsring ihrer Schwiegermutter oder das abgelegte Brautkleid der Verlobten ihres Cousins zu bekommen. Wenn Ashley heiratete, dann wollte er, dass alles perfekt und nur für sie war.

Er stand früh auf. Er hatte sowieso nicht gut geschlafen. Er rechnete die Zeitverschiebung aus und erkannte, dass er seine Eltern erreichen konnte, während sie zweifellos Prosecco auf einer Terrasse irgendwo in der Toskana tranken. Er wählte die Nummer des Handys seiner Mutter und sie antwortete sofort. „Ben", rief sie, als sie seine Stimme hörte. „Wir haben gerade von dir gesprochen."

„Habt ihr nette Dinge gesagt?"

„Natürlich haben wir das. Aber wir haben nicht viele nette Dinge über diese Schauspielerin zu sagen, die dir dein Leben zur Hölle macht. Wie geht es dir damit?"

Man konnte auf seine Eltern vertrauen, den Klatsch und Tratsch von Hollywood von der anderen Seite der Welt zu verfolgen. „Ganz gut. Die Geschichte ebbt langsam ab. Das ist bei solchen Dingen immer so."

„Tja, dann tu nichts, um sie wieder zu entfachen."

Er zuckte zusammen, da er sie genau deshalb angerufen hatte. „Lester meint, dass ich mich mindestens ein Jahr von Frauen fernhalten muss." Er hatte nicht vorgehabt, das zu sagen. Und er kannte seine Mutter gut genug, um zu wissen, dass sie jedes Wort nach seiner Bedeutung untersuchen würde.

„Und tust du das?" Ja, sie hatte den Nagel auf den Kopf getroffen.

„Nein."

Sie machte ein beruhigendes Mutter-Geräusch. „Willst du darüber reden?"

Natürlich wollte er darüber reden. Und mit jemandem, dessen Rat er vertrauen konnte. „Mom? Erinnerst du dich an Ashley Carnarvon?"

„Natürlich. Sie ist Millicent und Duncans Nichte. Und wie ich sehe, wird sie einen der Van Hoffendams heiraten. Diese alten, reichen Familien heiraten gerne untereinander." Es folgte Schweigen. Er konnte die Gänge in ihrem Kopf über tausende von Kilometern hinweg klicken hören. „Ich erinnere mich, dass sie für dich geschwärmt hat, als sie ein Teenager war." Sie setzte kein Fragezeichen an das Ende des Satzes, aber es war impliziert.

„Sie ist kein Teenager mehr."

„Und die Schwärmerei?"

Er spürte, wie sich seine Augen halb schlossen, als wäre das Licht, das durch die Fenster des Poolhauses drang, zu intensiv. „Ich glaube, dieses Mal ist die Schwärmerei beiderseitig."

Irgendwo auf der Seite der Welt, in der seine Mutter war,

spielte Musik, ein italienischer Pop-Song. Er wartete auf eine Antwort und sie ließ sich damit Zeit. „Was ist mit ihrer Verlobung?"

„Eric van Hoffendam ist ein Idiot."

„Und doch hat Ashley offensichtlich zugestimmt, diesen Idioten zu heiraten."

„Ich weiß. Sie macht einen Riesenfehler."

„Und wenn sie frei wäre?"

„Was meinst du damit?"

„Ich erinnere mich an sie als einen mürrischen Teenager, der so sehr von dieser Familie akzeptiert werden wollte, dass es mir wehgetan hat. Jetzt hat sie in dieser angesehenen, reichen Familie Akzeptanz gefunden. Sie wird wahrscheinlich ein wunderschönes Haus haben, Mitglied in einem Privatclub sein, sie wird eingeladen werden, bei Wohltätigkeitsorganisationen im Vorstand zu sitzen ... alles in ihrem Leben wird plötzlich erstklassig sein. Bittest du sie, all das aufzugeben? Und wenn sie es tut, was bietest du ihr an?"

„Wessen Mutter bist du? Solltest du nicht das Beste für mich wollen?"

„Natürlich will ich das Beste für dich. Ich will außerdem absolut sicher sein, dass sie dir nicht aus den falschen Gründen begehrenswert erscheint. Erstens, weil sie auf dem gleichen Anwesen wohnt wie du und du sie ständig siehst, und zweitens, weil sie die zusätzliche Anziehungskraft von jemandem hat, der eine verbotene Frucht ist."

„Ich weiß. Daran habe ich auch gedacht. Aber ich glaube nicht, dass es das ist. Sie ist die ehrlichste Person, die ich je gekannt habe." Er lächelte bei dem Gedanken daran. „Und mutig."

Er erzählte seiner Mutter kurz von dem Zwischenfall mit der Waffe. Erst als sie damit fertig war, mit ihm zu schimpfen, weil er einem Schauspieler erlaubt hatte, mit einer echten Waffe vor einem Fenster herumzuwedeln, konnte sie Ashleys Rolle würdigen.

Dan erzählte er ihr davon, wie Ashley eine Szene mit seiner weiblichen Hauptdarstellerin gelesen und ihn ohne Erbarmen heruntergeputzt hatte.

„Du hast sie dein Skript lesen lassen?"

„Teilweise, ja."

„Du erlaubst nie jemandem, deine Arbeit zu lesen, bevor sie fertig ist."

„Ich weiß, aber sie hat unglaublich gute Einsichten. Und, wie gesagt, weil sie so ehrlich ist, weiß ich, dass sie nicht nur Rauch bläst. Wenn sie so schnell ist, mir zu sagen, wenn etwas nicht funktioniert, dann bin ich sicher, dass sie mir Komplimente machen wird, wenn ihr eine Szene oder ein Dialog gefällt. Hast du eine Vorstellung davon, wie schwer es ist, so etwas in dieser Stadt zu finden?"

„Das kann ich mir vorstellen. Also, um es zusammenzufassen: dein Agent, einer der besten in der Industrie, hat dich angewiesen, dich wegen der Publicity ein Jahr lang von Frauen fernzuhalten. Anstatt seinem Rat zu folgen, hast du dich in eine Frau verliebt, deren Verlobung in der *New York Times* ausgeschrieben wurde."

„Es ist ein leichtes Chaos, nicht wahr?"

„Hat sie vor, ihre Verlobung abzusagen und mit dir durchzubrennen?"

„Ich weiß es nicht. Ich habe sie nicht darum gebeten."

„Warum nicht?"

„Weil ich Angst habe."

„Angst davor, sie zu verlieren? Oder Angst davor, dich eingeengt zu fühlen?"

„Wenn ich die Antwort wüsste, würde ich vielleicht eine Nacht durchschlafen können."

„Liebling, ich kann dir nicht sagen, was du tun sollst. Aber du hast das Herz dieses Mädchens schon einmal gebrochen. Sei sehr vorsichtig, bevor du es wieder tust."

„Was ist mit meinem Herz?"

Sie lachte sanft. „Vielleicht solltest du darauf hören, was es dir zu sagen versucht."

Er fragte sich, ob es wirklich nur sein Herz war, das ihm etwas sagen wollte. „Weißt du, was seltsam ist? Du gehst oft zu diesen gesellschaftlichen Veranstaltungen. Werden sie nicht normalerweise mindestens ein Jahr lang geplant?"

„Absolut. Gibt es einen Grund für die Eile?"

Er verdrehte seine Augen. „Sie ist nicht schwanger, wenn du das meinst."

„Das ist nicht der einzige Grund für eine schnelle Hochzeit."

„Was für andere Gründe fallen dir ein?" Er hatte sich den Kopf zerbrochen, war aber auf keinen grünen Zweig gekommen. Aber er kannte sich mit gesellschaftlichen Feinheiten nicht so gut aus wie seine Mutter.

„Ich weiß es nicht. Könnte einer der Elternteile vielleicht krank sein? Und sie wollen die Gewissheit haben, dass ihr Sohn sich niedergelassen hat?"

„Sie haben alle ziemlich gesund ausgesehen." Er dachte zurück an die Verlobungsparty. „Irgendetwas an der Verlobungsparty hat aber nicht gestimmt. Ich bin in den Wintergarten gegangen und habe versehentlich ein Gespräch zwischen Duncan Carnarvon und Charles Van Hoffendam überhört." Er erzählte ihr, woran er sich noch erinnerte. „Ich habe nicht ganz verstanden, was der Richter damit zu tun hatte, aber ich habe ihn danach gesucht, und er war nicht auf der Feier."

„Das ist seltsam. Er und Duncan Carnarvon stehen sich sehr nahe. Ich hätte ihn auf jeden Fall bei Ashleys Verlobungsparty erwartet, sofern er nicht außer Landes war."

„Ich habe Millicent gefragt, und sie schien auch erbost darüber gewesen zu sein, dass er nicht gekommen war."

„Du denkst also, dass der Richter etwas mit der schnellen Hochzeit zu tun hat?" Sie hörte sich sehr verwirrt an. Genau, wie er sich fühlte.

„Ich wünschte, ich könnte es herausfinden."

„Liebling, ich weiß, dass du aufgrund deiner aktiven Vorstellungskraft viel Geld verdienst, aber lass dich nicht davon überwältigen. Es handelt sich hier ums wahre Leben, nicht einen deiner Filme."

„Ich weiß. Und wenn ich auch nur ein bisschen Hirn hätte, würde ich meinen Computer einpacken, meine Socken und Unterwäsche wieder in meinen Koffer werfen und zurück in mein Haus ziehen." Die Paparazzi waren nicht mehr an seinem Haus interessiert. Er wusste, dass die Luft rein war. Es war Ashley, die ihn im Poolhaus festhielt.

„Das wäre wahrscheinlich die vernünftige Vorgehensweise."

„Danke, Mom. Sag Dad, dass ich ihn liebhabe."

„Wirst du vernünftig sein?"

Aus seinem Augenwinkel konnte er einen grünen Blitz und ein Wasserspritzen sehen, als Ashley kopfüber in den Pool sprang. Würde er vernünftig sein? „Bei Gott, nein."

Während Ashley kraftvolle Längen schwamm, setzte er noch eine Kanne Kaffee auf. Und er beschloss, einem alten Familienfreund einen Besuch abzustatten. Vielleicht hatte seine Mutter recht und er erfand Geschichten, vermutete ein Geheimnis, wo es keines gab. Aber er hatte schon seit einigen Tagen darüber nachgedacht, mit dem Richter zu sprechen. Er gab eine Schlüsselszene in seinem Buch, die einen Richter involvierte, und er wollte die Details überprüfen, um sie richtig schreiben zu können.

Er rief Richter Bailey Zuhause an und der Richter hob selbst ab. Als er ihn begrüßte, konnte Ben die Freude in der Stimme des älteren Mannes hören, als er sagte: „Es ist schön, von Ihnen zu hören, Ben. Wie geht es Ihren Eltern?"

„Sie genießen ihren Urlaub in Italien. Tatsächlich habe ich gerade mit ihnen telefoniert und sie haben mich gebeten, Sie herzlich grüßen zu lassen."

„Das freut mich. Bitte sagen Sie ihnen bei Ihrem nächsten Gespräch, dass ich nach ihnen gefragt habe."

„Das mache ich gerne. Ich habe vor, heute in Ihre Richtung zu fahren."

„Es ist ein schöner Tag, für eine Spazierfahrt. Würden Sie gerne zum Mittagessen kommen? Martha macht meistens etwas Besonderes am Sonntag."

„Darf ich jemanden mitbringen?"

Der alte Mann lachte auf. „Eine Damenbekanntschaft?"

„Duncan Carnarvons Nichte Ashley. Ich wohne derzeit im Poolhaus auf seinem Anwesen. Ich bringe ihr das Autofahren bei."

„Ashley Carnarvon. Schau, schau." Der Tonfall war schroff, vielleicht sarkastisch. Aber nach einem Moment sagte der Richter: „Natürlich. Ich werde Martha sagen, dass wir heute zwei Gäste zum Mittagessen haben werden."

„Ich freue mich darauf, Sir."

Er füllte zwei Tassen mit Kaffee und, wie es sein morgendlicher Brauch war, setzte seine dunkle Sonnenbrille auf und trug die heißen Getränke zum Pool hinaus. Er hatte entweder die Zeit falsch eingeschätzt, oder sie trainierte heute länger als sonst, also machte er es sich in einem der Loungesessel bequem, trank seinen Kaffee und genoss die Morgensonne, bis sie fertig war.

„Daran könnte ich mich gewöhnen", sagte sie, wickelte ein großes Badetuch um sich und ging zu ihm, um sich den Kaffee zu holen, den er für sie zubereitet hatte. Ihre Füße hinterließen nasse Spuren auf dem Zementrand des Schwimmbeckens. Sie benahm sich ihm gegenüber genauso wie immer. Der heiße Kuss und das darauffolgende schmerzliche Gespräch im Auto gestern hätten genauso gut nie stattgefunden haben können. Sie setzte sich neben ihn, legte sich zurück und ließ die Sonne ihre nasse Haut erwärmen. „Es ist ein wunderschöner Tag. Und ich habe das ganze Wochenende frei."

Das wusste er, weil sie es ihm gestern gesagt hatte. Ihr Chef hatte sie falsch verstanden, als sie sich Samstag freigenommen hatte, um zur Hochzeit nach Catalina Island zu fahren, und hatte ihr das ganze Wochenende frei gegeben.

Er war froh, dass die Situation nach dem Kuss und der unangenehmen Unterhaltung im Auto gestern nicht angespannt zwischen ihnen war. Eine der besten Eigenschaften von Ashley war, dass sie nicht nachtragend war. Er hatte das äußerst seltsame Gefühl, dass jeder Morgen, wenn sie in den Pool sprang, wie eine neue Geburt war, als würde sie alle alten Gefühle abwaschen und jeden Tag neu beginnen. Er sah zu ihr hinüber. Ihm wurde bewusst, dass diese kurze Zeit, die sie beim Kaffeetrinken zusammen verbrachten, bevor sie sich ihrem Tag stellten, einer der Höhepunkte seines Tages war. Er sagte: „Hast du Lust auf einen Ausflug nach Manhattan Beach? Ich möchte Richter Bailey besuchen. Du könntest fahren."

„Warum besuchst du den Richter?"

„Er ist ein alter Freund der Familie, und ich will ihn bezüglich einer Szene in meinem Drehbuch ausfragen."

„Ich weiß nicht. Ich habe viel für die Hochzeit zu erledigen."

Er war überrascht darüber, wie sehr er wollte, dass sie mit ihm kam. „Komm schon. Es ist eine wunderschöne Fahrt die Küste entlang, und er hat uns zum Mittagessen eingeladen."

„Du hast ihm gesagt, dass ich mit dir komme?"

„Ich habe ihm gesagt, dass ich vielleicht eine Damenbekanntschaft mitbringen werde."

Ihre Lippen zuckten. „Du hast tatsächlich Damenbekanntschaft gesagt?"

Er zuckte mit den Schultern. „Er ist ein altmodischer Mann."

Sie warf ihm unter gespitzten nassen Wimpern einen Blick zu. „Er ist nicht der Einzige."

„Also? Sagst du Ja?"

„Dazu, dein Chauffeur zu sein? Oder deine Damenbekanntschaft?"

Er lehnte sich näher zu ihr. „Sei beides."

Sie rutschte auf ihrem Stuhl herum, um es sich bequemer zu

machen. „Ich weiß nicht. Ich könnte die Küste entlangfahren und ein nettes Mittagessen genießen, oder ich könnte mit Millicent und meiner Mutter Blumenarrangements für die Hochzeit aussuchen."

Er machte es sich ebenso bequem und zog seine Sonnenbrille seine Nase entlang hinunter, um sie über deren Rand hinweg anzusehen. „Leichte Entscheidung."

KAPITEL 16

*A*shley war sich nicht wirklich sicher, warum sie sich für eine Fahrstunde und ein Mittagessen mit einem Mann, den sie kaum kannte, entschieden hatte, anstatt Blumen für ihre eigene Hochzeit auszusuchen, aber als Ben sie gebeten hatte, mit ihm zu kommen, hatte sie genau gewusst, was sie lieber tun würde.

Sie war sich bewusst, dass sie sich wie eine Verrückte verhielt. Sie war mit Eric verlobt. Warum also konnte sie nicht damit aufhören, an den Kuss zu denken? Es war nicht nur ein Kuss. Sie hatte viele Küsse mit anderen Männern erlebt. Keiner hatte sie je fühlen lassen, dass sich etwas Monumentales verändert hatte. Als ob ihr Leben nie wieder dasselbe sein würde. Nach einem verdammten Kuss?

Ihn hatte es genauso getroffen, das wusste sie. Warum lehnte er dann ab, auch nur davon zu sprechen? All dieser *ich muss mein Drehbuch fertigschreiben und darf ein Jahr lang mit keiner Frau ausgehen* Unsinn brachte ihr Blut zum Wallen. Dachte er, dass sich Küsse wie dieser jeden Tag abspielten?

Sie erlebte einen schrecklichen Moment, als sie sich fragte, ob für ihn jeder Kuss so war. Ob die Magie nicht an ihnen beiden lag, sondern er sie allein mitbrachte. Die Magie reiste mit ihm und er verteilte sie hie und da an glückliche Frauen.

Sie duschte und zog ein sittsames Sommerkleid an, passend für ein sonntägliches Mittagessen mit einem älteren Ehepaar, und wusste, dass sie eine Masochistin war. Aber sie wusste auch, dass sich ihr Leben bald ändern würde. Ben würde zu seinem Leben als Drehbuchautor in Hollywood zurückkehren, und sie würde ihr neues Leben beginnen, verheiratet mit Eric. Es kam ihr immer noch völlig surreal vor. Eric benahm sich, als würde sich nichts verändern, aber sie hatten bereits Nachrichten von einem Makler bezüglich passender Häuser erhalten, und sie war zu einem Treffen des Wohltätigen Instituts für Frauen in Kalifornien eingeladen worden, was auch immer das sein mochte. Zusammen mit Millicent.

Gemeinsam schienen Millicent, Melody und Tasmine, die professionelle Brautjungfer/Hochzeitsplanerin alles gut unter Kontrolle zu haben. In der Tat hatte sie das Gefühl, dass sie, wenn sie dabei war, um etwas von dem Angebot des Caterers oder ein Lied für die Zeremonie auszusuchen, das unwichtigste Mitglied der Gruppe war. Wenn man sie nach ihrer Meinung fragte, schloss sie sich meist dem an, was die anderen vorgeschlagen hatte, hauptsächlich, weil es ihr egal war.

Sie war es gewöhnt, das zu tun, was andere Leute vorschlugen. Also hatte sie das Gefühl, dass alle nur zu glücklich sein würden, wenn ihre Mutter und ihre zukünftige Schwiegermutter die Blumen für die Tischgestecke auswählten.

Und sie würde noch einen Tag mit Ben genießen können. Sie wusste, dass nicht mehr viele übrig waren, bevor sich alles verändern würde.

Als sie fünfzehn war, war er ihr Traummann gewesen. Mit fünfundzwanzig war er immer noch ihr Traummann. Vielleicht war das ihre Tragödie. Sie ließ ihren Traummann gehen und heiratete ihren Spielgefährten.

Sie wusste allerdings, dass sie mit Ben gehen würde, sollte er sie darum bitten. Ashley hatte jahrelang über die Liebe gespottet, über die Vorstellung von Seelenverwandtschaft und wahrer Liebe. In Wahrheit hatte sie sich jedoch als Fünfzehnjährige in Ben verliebt. Und jetzt liebte sie ihn auf eine neue, reifere Art. Sie hatte es sich nicht eingestehen wollen, aber sie hatte die Liebe ihres Lebens getroffen, als sie ein Teenager war. Damals hatte er sie abgewiesen, und wie es aussah, würde er sie jetzt auch abweisen.

Sie war eine Realistin. Sie hatte vor, sich an seiner Gesellschaft zu erfreuen, solange sie konnte, ihm mit seinem Drehbuch zu helfen, so viel sie konnte, und jede Minute zu genießen, die sie mit ihm verbringen konnte; und dann, wenn er nach Hollywood zurückkehren würde, würde sie mit ihrem Leben weitermachen, so gut sie konnte.

Sie machte sich keine Illusionen darüber, dass sie die Liebe in Erics Leben war, also hatte sie nicht das Gefühl, ihn irrezuführen. Er schien zu glauben, dass sie eine gute Ehe haben könnten, und sie würde ihr Bestes tun, um ihm eine gute und treue Ehefrau zu sein. Vielleicht war das genug. Vielleicht gehörten Märchen in alte verstaubte Bücher, die im Dachboden verstaut wurden, wenn kleine Mädchen erwachsen wurden.

Natürlich zeigte sie nicht einmal einen Hauch ihrer Gefühle auf ihrem Gesicht, als sie den Pfad entlang ging, um Ben für ihre wahrscheinlich letzte Fahrstunde zu treffen.

Ben hatte sich für das Mittagessen mit Richter Bailey und seiner Frau auch nett angezogen. Er hatte sich rasiert, etwas Zeit in seine Frisur investiert und trug schöne Jeans und ein perfekt gebügeltes Hemd.

Seine Augen erwärmten sich, als er sie sah. „Du siehst hübsch aus", sagte er.

Aber nicht hübsch genug, um sein Leben für sie zu ändern, dachte sie. „Danke."

Er warf ihr die Autoschlüssel zu und sie nahm wie gewöhnlich den Fahrersitz ein, dann fuhren sie wieder los. Sie wurde es nie müde, die Küste entlang zu fahren und die endlosen Wellen und gebogenen Buchten zu bestaunen. Da es Sonntag war, gab es recht viel Verkehr, aber es machte ihr nichts aus. Ben und sie konnten sich über alles und nichts unterhalten. Er brachte sie zum Lachen, er ließ sie nachdenken, er gab ihr das Gefühl, dass ihre Meinung wichtig war, dass er ihr wirklich zuhörte. Als sie in die Nachbarschaft von Manhattan Beach fuhren, in der der Richter wohnte, sagte sie: „Einer von Erics besten Freunden wohnt hier in der Gegend. Seine Eltern verreisen oft, also kommen Eric und seine Freunde oft hierher, um zu feiern."

„Netter Spielplatz."

Sie folgte seiner Wegbeschreibung und bog in die lange, kurvige Auffahrt zu der Villa im spanischen Stil mit rotem Ziegeldach und weißen Stuckwänden ein. Der perfekte grüne Rasen würde von Palmen geziert, und hinter dem Haus konnte sie das glitzernde Meer sehen.

Die Frau, die ihnen die Tür öffnete, wirkte nicht wie ein Dienstmädchen. Es war eine Latina mittleren Alters mit einem breiten einladenden Lächeln. Sie trug keine Uniform, also war sie vielleicht die Haushälterin. Ben schien sie zu kennen. „Maria, wie geht es Ihnen?"

„Es geht mir sehr gut, Ben. Es ist schön, Sie zu sehen. Der Richter und Mrs. Bailey freuen sich sehr auf Ihren Besuch." Sie lächelte auch Ashley an. „Bitte, kommen Sie herein."

Sie führte sie durch das ruhige Haus, das moderner eingerichtet war, als Ashley erwartet hätte, und hinaus auf die überdachte Terrasse, von der aus man einen atemberaubenden Ausblick hatte. Der Richter und seine Frau saßen nebeneinander und lasen Teile der *New York Times*. Ben ging auf sie zu, ohne darauf zu warten, dass die Haushälterin ihn ankündigte. „Richter Bailey, ich freue mich sehr, Sie zu sehen."

Der ältere Mann erhob sich. Er musste beinahe achtzig sein, aber er stand aufrecht, mit dunklen, durchdringenden blauen Augen unter einem Schopf weißer Haare. Er hatte die permanente Bräune eines Golfspielers oder Seglers. Er schüttelte Ben die Hand und sie klopften einander gleichzeitig auf die Schultern. Dann wandte sich Ben an die ältere Frau. „Martha, wie schön, Sie zu sehen." Er lehnte sich vor und küsste ihre Wange.

Er drehte sich mit geübter Höflichkeit um. „Und ich glaube, Sie beide kennen Ashley Carnarvon? Duncan und Millicents Nichte."

Der Richter sah sie leicht kühl an und streckte ihr seine Hand entgegen. „Natürlich. Ich habe Sie lange nicht gesehen." Sie hatte keine Ahnung, was sie darauf sagen sollte, also lächelte sie einfach und schüttelte seine Hand.

Sie hatte seine Frau noch seltener gesehen als den Richter, also ließ sie das Wangenküssen aus und schüttelte die Hand der älteren Frau.

Sie saßen auf der Terrasse und Ben und der Richter übernahmen den Großteil der Unterhaltung. Der Richter bot ihnen Wein, Champagner, Sherry oder etwas Stärkeres an. Sie bat um Eistee mit der Erklärung, dass sie fahren musste. Ben sah sie zustimmend an und wählte auch Eistee. Sie verstand den Grund für den befürwortenden Blick, als Martha sagte: „Ernest benutzt unsere Gäste gerne als Grund, zu Mittag Wein zu trinken. Obwohl sein Arzt ihm gesagt hat, dass es ihm nicht guttut."

„Ich versuche nur, ein guter Gastgeber zu sein", antwortete der Richter.

Sie nippten an ihrem Eistee, dann brachte ein junges Dienstmädchen einen rollenden Wagen mit Salattellern herein, die sie vor jeden Platz auf den Tisch stellte. Dem folgten Garnelen und ein gebratenes Hühnchen mit Gemüse. Als Nachspeise gab es frisches Obst und Kaffee. Während des Desserts brachte Ben den Richter dazu, Präzedenzfälle zu besprechen, insbesondere Fälle, die sich mit der Geschichte von betrügerischen Polizisten in Los Angeles beschäftigten. „Ist es Ihnen recht, wenn ich das aufnehme?", fragte er und holte ein kleines Aufnahmegerät aus seiner Tasche.

„Ja. Natürlich." Der Richter lehnte sich zurück und sprach. Er war wie eine Enzyklopädie, gefüllt mit Fakten und Namen und Daten. Ben ließ ihn reden und stellte nur hie und da eine Frage.

Nach ungefähr einer halben Stunde sagte Ben: „Das sind fantastische Informationen. Vielen Dank." Er schaltete das Aufnahmegerät aus. „Und jetzt höre ich damit auf, das Gespräch zu beherrschen. Martha, wie läuft es in der Kunstgalerie?" Bevor Martha antworten konnte, wandte er sich an Ashley. „Martha ist eine Expertin, wenn es um Post-Impressionisten geht."

Martha sah ihn an und schüttelte den Kopf. „Keine Expertin, mein Lieber. Nur eine enthusiastische Amateurin."

Ben wandte sich wieder an Ashley. „Martha ist zu bescheiden. Sie hat in Paris Kunst studiert, und als sie nach Kalifornien zurückkehrte, hat sie ihre leidenschaftliche Liebe für Picasso und die Kubisten mitgebracht. Sie hat eine der besten privaten Sammlungen in den Staaten und hat einige Werke an Museen weltweit gespendet."

Martha lächelte bescheiden. „Ich bin nicht der Meinung, dass man Kunst horten sollte, um sie nur selbst genießen zu können. Sie ist dazu da, von allen bewundert zu werden."

Plötzlich hob der Richter seine Faust, schlug sie auf den Tisch und brachte die Kaffeetassen zum Springen und Klirren. Alle drehten sich um und starrten ihn an.

Sein Gesicht war rau vor Emotion, als er zuerst Ben und dann sie ansah. „Ich weiß nicht, welches Spielchen Sie hier spielen, aber es gefällt mir nicht." Ashley schaute Ben an und fand ihn genauso verwirrt vor, wie sie sich fühlte. Sie dachte kurz an Demenz, aber die Art und Weise, wie der Richter über Fälle gesprochen hatte, widerlegte diese Überlegung.

Einige Sekunden lang schwiegen alle, und dann sagte Ben: „Ich weiß nicht, worauf Sie sich beziehen, Richter, aber ich bin mir keines Spiels bewusst."

Zu ihrem Horror zeigte der Richter mit einem knochigen

Finger genau auf ihre Brust. „Und was ist mit Ihnen, junge Dame? Wissen Sie etwas über ein Spiel?"

Sie schüttelte den Kopf und wünschte, sie könnte aufstehen und davonlaufen. „Ich habe Ben begleitet. Das ist alles."

Das Gesicht des Richters errötete noch mehr. Er starrte sie immer noch unerschütterlich an, und sie hatte das Gefühl, dass, wenn er immer noch hinter seiner Richterbank sitzen würde, sie zu lebenslänglicher Haft verurteil worden wäre, oder schlimmer. „Und was ist mit Ihrem Verlobten? Wo ist Eric Van Hoffendam?" Er spuckte die Worte förmlich aus.

Sie schluckte nervös. „Zuhause, nehme ich an." Sie sah zu Martha, also wollte sie fragen, ob sie sich verabschieden sollten, damit der Richter sein Nachmittagsschläfchen machen konnte oder was auch sonst immer es sein mochte, das er eindeutig brauchte. Aber Martha starrte sie ebenso an und hatte einen traurigen Ausdruck in ihren verblassten braunen Augen.

„Was hat Eric damit zu tun?", fragte Ben.

„Sie wissen es wirklich nicht?", antwortete der Richter, aber er schaute immer noch sie an.

Ein schreckliches Gefühl entstand in ihrem Magen. Sie fühlte sich, als wäre sie in Schwierigkeit gerate, ohne zu wissen, was sie falsch gemacht hatte. Sie schüttelte schweigend den Kopf. Der Drang wegzulaufen wurde mit jeder Sekunde stärker. Wenn sie die Autoschlüssel nicht ihrem rechtmäßigen Eigentümer gegeben hätte, bevor sie das Haus betreten hatte, wäre sie vielleicht davon gestürmt, um niemals wiederzukehren.

„Ernest, ich bitte dich", sagte Martha sanft. „Erinnere dich an deinen Blutdruck."

Der Richter wandte sich an seine Frau. „Wenn diese junge Dame wirklich nichts davon weiß, dann bin ich der Meinung, dass sie das Recht darauf hat zu erfahren, was für einen Mann sie heiratet, bevor es zu spät ist."

Sie sprach. „Das verstehe ich nicht. Ich wusste nicht einmal, dass Sie Eric kennen."

„Ich kenne seinen Vater, und zuvor seinen Großvater, seit Jahren. Gute, anständige Männer. Aber dieser junge Mann, dieser Hooligan, ist eine andere Geschichte." Er streckte ihr wieder seinen Finger entgegen. „Er sollte im Gefängnis sein. Und wenn es nicht Ihretwegen wäre, dann wäre er wahrscheinlich auf dem Weg dorthin. Ich mag alt sein, aber ich bin immer noch eine Macht, mit der man rechnen muss."

Eric war viele Dinge, aber er war kein Krimineller. Sie konnte sich nicht vorstellen, was er getan haben könnte. Und dann dachte sie an all die Streiche, die er im Laufe der Jahre gespielt hatte; einige davon waren ziemlich aufwendig, und sie fragte sich, ob er Stripper engagiert hatte, um bei der Geburtstagsfeier des Richters zu singen oder etwas in der Art. Sie schaute sich um, konnte aber keine Sträucher erkennen, die entstellt worden waren. „Hat er Ihnen einen seiner Streiche gespielt?"

Die Röte auf dem Gesicht des Richters wurde dunkler, und sie konnte lila Venen sehen, die wie Flüsse auf einer Weltkarte aussahen. Er warf seine Serviette auf den Tisch und erhob sich auf wackelige Beine. „Das können Sie selbst entscheiden." Er ging in das Haus und schrie: „Maria?"

Die Haushälterin kam ruhig aus einem anderen Teil des Hauses herein. „Ja, Richter?"

„Lassen Sie das Überwachungsvideo von dem Vandalismus-Vorfall einlegen.", zischte er.

Sie runzelte besorgt die Stirn. „Sind Sie sicher, dass Sie es jetzt sehen wollen, Richter?"

„Nein, ich will es nicht sehen, aber ich werde es dieser jungen Dame zeigen."

Mittlerweile war Martha ihm ins Haus gefolgt. Sie und Maria wechselten einen Blick und Maria nickte. „Ich werde es im Film-zimmer vorbereiten."

„Danke."

„Hast du eine Ahnung, was hier vor sich geht?", fragte Ashley Ben.

„Ich stehe völlig vor einem Rätsel." Und doch hatte sie das Gefühl, dass er nicht so geschockt war wie sie. Sie hielt ihren Blick auf sein Gesicht gerichtet und er rutschte auf seinem Stuhl umher und wandte seine Augen ab.

Martha sagte: „Tja, wir sollten es wohl hinter uns bringen."

Sie führte sie eine Treppe hinunter und einen kurzen Korridor entlang in ein Heimkino. Eine große Leinwand nahm eine Wand ein, und schwarze gepolsterte Stühle sahen wie die bequemen Sessel aus, von denen man im Kino Filme ansah.

Maria machte sich bereits an den Geräten zu schaffen, als sie eintrafen. Sie setzten sich in eine Reihe. Martha, dann der Richter, dann Ashley und neben ihr Ben. Sie wünschte, sie hätte nicht so viel gegessen. Ihr war vor Nervosität übel. Der Richter drückte auf die Fernbedienung, um das Licht zu dimmen. Bevor er auf Abspielen drückte, sagte er: „Martha und ich waren auf einer Reise an unserem Hochzeitstag, also haben wir den Dienstboten das Wochenende frei gegeben. Die Nachbarn ein paar Häuser weiter waren auch auf Reisen. Sie haben einen Sohn, der dafür bekannt ist, in ihrer Abwesenheit Partys zu schmeißen. Sie waren nie in der Lage gewesen, ihn unter Kontrolle zu halten, also scheinen sie sein Verhalten zu ignorieren, nehme ich an, in dem falschen Glauben, dass das, was sie ignorieren, nicht existiert. Wie gesagt, unsere Dienstboten hatten das Wochenende frei. Aber wir haben eine ausgezeichnete Sicherheitsfirma, und da wir so viele wertvolle Gemälde und andere Kunstwerke im Haus aufbewahren, haben wir überall Überwachungskameras installiert." Er seufzte schwer und sah sie unter buschigen Augenbrauen an. „Wenn Sie wirklich nichts davon wissen, dann tut es mir sehr leid."

Und dann spielte er das Band ab. Sie konnte ein Schwimmbecken sehen, das von einigen Marmorstatuen umgeben war. Sie kannte sich nicht gut genug mit Mythologie aus, um sie identifizieren zu können, aber sie war sicher, dass sie wahrscheinlich selten und wertvoll waren. Der Garten war beleuchtet und die

Statuen wurden von Scheinwerfern hervorgehoben. Im rechten oberen Eck des Bildschirms waren das Datum und die Zeit zu sehen. Eine Woche, bevor er sie gebeten hatte, ihn zu heiraten.

Nachdem sie zehn oder fünfzehn Sekunden länger den leeren Pool und den ruhigen Garten beobachtet hatten, bewegte sich etwas auf der rechten Seite des Bildschirms. Vier Gestalten schwankten ins Bild. Der große, blonde und am meisten betrunkene von ihnen war Eric. Es gab keinen Sound, also war es, als würde man einen Stummfilm anschauen. Sie konnte alle vier sehen: Eric, Toad, den Typ, den er Slade nannte, und den Freund, dessen Eltern in der Nachbarschaft wohnten. Sein Name war Dave. Die vier lachten, und Eric trank direkt aus einer, wie es aussah, Rumflasche. Er reichte die Flasche an Toad weiter.

Sie konnte ihre Augen nicht von Eric abwenden. Sie spürte, wie ihre Fingernägel sich in ihre Handfläche bohrten und wünschte, er würde verschwinden, sie würden alle verschwinden. Es gab mehr Gelächter, und sie sah, wie Eric sich an eine weibliche Statue, die griechisch und gelassen aussah und Flügel hatte, schlich. Es war eine Göttin oder ein Engel, sie war nicht sicher, aber zu ihrem Entsetzen stellte Eric sich vor sie und grapschte die nackten Brüste der Statue, als wäre sie lebendig.

Dann fing er an, es mit der Statue zu treiben. Die anderen drei krümmten sich vor Lachen. Bitte, sagte sie zu sich, bitte hör damit auf. Lass es nicht schlimmer werden. Aber natürlich liebte Eric es, anzugeben, und wenn er Zuschauer hatte, neigte er dazu, seine Streiche eskalieren zu lassen.

Dave, derjenige, der in der Nähe wohnte, winkte mit seinen Armen und deutete in Richtung des Hauses. Als Nächstes ließ Eric seine Hose herunterfallen, und während sie von ihren bequemen Kinosesseln zusahen, pinkelte Eric in den Pool.

„Es tut mir so leid", sagte sie, als wäre sie irgendwie für Eric verantwortlich.

Aber der Horror hatte gerade erst angefangen. Dave gesellte sich zu seinem Freund und pinkelte ebenfalls in den Pool. Dann schwankten die vier betrunkenen Delinquenten zum Haus und versuchten, eine offene Tür zum Haus zu finden. Sie vermutete, dass sie auf der Suche nach mehr Alkohol waren. Sie konnte sehen, wie sie Türknaufe drehten.

Sie klopften an Türen und sie konnte sehen, dass sie schrien, um hineingelassen zu werden. Schließlich nahm der Nachbarsjunge einen Stein und schlug damit gegen die Glasscheiben der Terassentür. Sie nahm an, dass er nur die Aufmerksamkeit von jemandem im Haus auf sich richten wollte, aber in seinem betrunkenen Zustand seine eigene Stärke unterschätzte, und während sie diesen schrecklichen Stummfilm anschauten, sah sie, wie die Glasscheibe brach. Eine Sekunde lang standen die vier Männer wie angewurzelt, dann streckte Dave seine Hand durch das gebrochene Glas und öffnete die Tür.

„Haben Sie keinen Alarm?", schrie sie auf.

„Es ist ein stiller Alarm. In dem Moment, als das Glas brach, wurde die Sicherheitsfirma alarmiert und machte sich auf den Weg hierher."

Das Bild wechselte ruckartig, und sie sahen eine Wand im Inneren des Hauses. Drei Gemälde hingen in einer Reihe. Ashley wusste nicht viel über Gemälde, aber diese sahen aus, als könnten sie in der Met oder im Louvre oder sonst einem berühmten Museum hängen. Sie hatten etwas Picassoartiges an sich, und ihr Herz begann vor Grauen zu Rasen. In den Pool zu pinkeln und eine Statue zu begrapschen war eine Sache, aber ein Einbruchdiebstahl katapultierte Eric und seine Freunde in eine ganz andere Kategorie. Was hatten sie sich dabei gedacht? Was hatte sich jeder Einzelne dabei gedacht?

Es war, als wollte der Albtraum nicht zu Ende gehen. Sie wusste, es würde etwas Schreckliches passieren, und sie wünschte, sie könnte aufwachen um nicht sehen zu müssen, was es sein würde.

Wie sie befürchtet hatte, stolperten die vier Betrunkenen in das Bild. Wenigstens hatte Eric seine Blase bereits geleert, also war es nicht wahrscheinlich, dass er auf die Gemälde pinkeln würde.

Und er tat es nicht.

Er ging näher auf sie zu und sah sie an. Dann nahm er eine Pose ein, wie ein Lehrer oder Reiseleiter, und fing eine animierte Diskussion an, während er auf jedes der Bilder zeigte. Sie hatte keine Ahnung, was er sagte, aber seine drei Kumpanen lachten wieder. Er ging aus dem Bild und kam, zu ihrem großen Entsetzen, mit einem Permanentmarker in der Hand zurück. „Oh, nein", stöhnte sie. Sie wollte ihre Augen schließen, konnte es aber nicht.

Er winkte mit dem Marker und dann, während sie zuschaute und die Zerstörung nicht aufhalten konnte, nahm er den Stöpsel des Stiftes ab und malte mit großzügigen Strichen, wie Picasso selbst, zwei Brüste auf die Brust des mittleren Gemäldes und fügte dann kleine Kreise als Brustwarzen hinzu. Dann schien etwas zu passieren. Sie vermutete, dass die Leute der Sicherheitsfirma eingetroffen waren, denn die vier, wie Schauspieler in einem Stummfilm, blieben wie angewurzelt stehen, sahen einander mit Panik in den Augen an und liefen dann los.

Der Richter schaltete das Bild aus und drückte einen weiteren Knopf, um das Licht wieder aufzuhellen.

Schweigen lag über dem Raum. Es war Martha, die es schließlich brach. „Ich habe dieses Gemälde 1963 in Paris gekauft. Es ist kein Picasso, aber einer seiner guten Freunde und ebenfalls ein großer Künstler." Sie seufzte, als wäre sie bei einem Begräbnis. „Es geht nicht immer um den monetären Wert, manchmal liegt der Wert darin, was ein Gemälde einer Person bedeutet."

„Kann es repariert werden?", fragte sie mit kleiner Stimmer.

„Ich habe es an die besten Restaurateure in Kalifornien geschickt." Sie schüttelte den Kopf. „Sie geben ihr Bestes."

Der Richter meldete sich zu Wort: „Diese Gemälde sind für meine Frau wie Kinder. Und ich werde nicht einfach zusehen, wie jemand meine Frau verletzt."

Seine Hände ballten sich zu Fäusten. „Dieser Junge sollte im Gefängnis sitzen. Ich war bereit, Anzeige zu erstatten. Dann hat mich Charles Van Hoffendam um ein Treffen gebeten."

Er sah sie mit finsterem Blick an.

„Ich kenne Van Hoffendam seit Jahren. Aber das hätte mich nicht aufgehalten. Sein Sohn, dieser Rowdy, hat dringend eine harte Lektion nötig, und im Gefängnis würde er die bekommen. Aber Grace und Charles sind zu uns bekommen. Sie haben angeboten, Schadenersatz zu zahlen, den Pool entleeren und putzen zu lassen und für die Restauration aufzukommen, aber es geht nicht ums Geld. Dieser Junge muss bestraft werden. Wie auch immer, sie haben uns davon überzeugt, dass er versuchte, sich zu ändern."

„Sie haben tatsächlich ausgesehen, als wäre ihnen übel, als sie das Video sahen. Sie haben Eric kurz darauf zu uns geschleppt und er hat sich bei uns entschuldigt", fügte Martha hinzu. Sie hatte eindeutig ein weicheres Herz als ihr Ehemann.

Der Richter fuhr fort. „Er hat versprochen, sein Leben in Ordnung zu bringen. Er sucht sich Arbeit, wie mir gesagt wurde, und dann haben sie uns berichtet, dass er ein nettes Mädchen aus einer guten Familie heiraten wird, eine Carnarvon. Nun, Martha und ich haben uns überreden lassen. Als wir die Anzeige für die Verlobung in allen Zeitungen lasen, nahmen wir an, dass Sie über die Eskapaden Ihres zukünftigen Mannes Bescheid wussten."

Sie benetzte ihre Lippen mit ihrer Zunge. Sie waren so trocken, als wäre ihnen in den letzten paar Minuten alle Feuchtigkeit entzogen worden. Alles, woran sie denken konnte, war das Datum im rechten Eck des Bildschirms. Das günstige Timing von Erics Hochzeitsantrag. „Was ist, wenn ich ihn nicht heirate? Werden Sie ihn anzeigen?"

Der alte Mann sah sie einen langen Moment lang beständig an. „Ich werde Ihnen einen Ratschlag geben, junge Dame, und ich bin ein alter Mann, der viel zu viel gesehen hat. Was ich tue oder was die Van Hoffendams tun oder was irgendjemand tut, sollte keinen Einfluss auf Ihr Verhalten haben. Aber Sie sollten gut darüber nachdenken." Er zeigte mit einer Hand auf die jetzt schwarze Leinwand. „Ist das der Mann, den Sie heiraten wollen?"

Sie verabschiedeten sich kurz darauf und Martha sagte: „Es tut mir wirklich leid", als wäre es ihre Schuld, dass Ashley plötzlich einen schrecklichen Tag hatte.

KAPITEL 17

*S*ie und Ben stiegen in das Auto ein, und er bot ihr nicht einmal an zu fahren. Sie zitterte viel zu stark.

Er stellte den Motor an und fuhr den Weg zurück, auf dem sie hierhergekommen waren, so glücklich, vor nur ein paar Stunden.

Sie schwiegen eine lange Zeig, dann schrie sie: „Du hast es gewusst, nicht wahr?"

Er sah sie an. „Nein, das habe ich nicht."

„Warum dann wolltest du genau heute mit genau den Baileys Mittag essen? Versuchst du, mein Leben zu zerstören?"

„Nein. Natürlich nicht."

„Lüg mich nicht an. Es haben mich genug Leute in den letzten paar Monaten angelogen." Plötzlich wurde ihr alles klar, so klar wie das Bild von Eric, als er die unbezahlbare Kunstsammlung eines netten, alten Ehepaares zerstörte. Kein Wunder, dass Eric sie plötzlich heiraten wollte, und dass seine Eltern die Beziehung mit offenen Armen willkommen hießen, obwohl sie ihre Existenz zuvor nicht einmal anerkannt hatten. „Das Datum auf der Über-wachungskamera war genau eine Woche, bevor Eric mich gebeten hat, ihn zu heiraten. Wie konnte ich so dumm sein? Ich wusste, dass alles übereilt war, und es ist nicht normal, dass mich

Grace und Charles Van Hoffendam so nett behandeln. Aber es war nur, weil sie mich brauchten. Ich war sein Ticket aus dem Gefängnis. Du hast irgendetwas gewusst. Was war es?" Sie schrie die letzten Worte beinahe. Sie und Ben waren einander in den letzten Wochen nähergekommen. Sie hatten so getan, als wären sie Freunde, aber sie hatte sich in ihn verliebt. Sie hatte geglaubt, dass er ehrlich zu ihr sein würde, auch wenn er ihre Gefühle nicht erwiderte. Jetzt war sie eher der Meinung, dass er Teil eines riesigen Komplotts war.

Er lenkte das Auto ruckartig zur Seite und hielt an einem Aussichtspunkt an. Er stieg aus und sie folgte ihm und schlug die Tür hinter sich zu.

Ein riesiger Fels nahe dem Strand, auf dem sich Seelöwen tummelten, war die große Attraktion des Aussichtspunktes, aber sie war im Moment am Spiel der Meereskreaturen nicht interessiert. Es gab einige Landkreaturen, die ihre gesamte Aufmerksamkeit beanspruchten.

Ben schaute einen Moment auf das Meer hinaus und wandte sich dann ihr zu. Der Wind zerzauste sein Haar und er strich es ungeduldig aus seiner Stirn. „Bei deiner Verlobungsparty habe ich zufällig ein Gespräch zwischen Charles Van Hoffendam und Duncan Carnarvon überhört. Es hat zu der Zeit keinen Sinn ergeben, aber sie haben den Richter erwähnt. Ich habe es seltsam gefunden, dass er nicht bei der Feier war, und irgendetwas an dem Tonfall dieses geheimen Treffens hat mich seither beunruhigt."

„Onkel Duncan weiß darüber Bescheid?"

Ben sah sie fast mitleidig an. „Ich weiß nicht, wieviel er weiß, aber er weiß mit Sicherheit irgendetwas. Ehrlich gesagt war es wie ein Wettbewerb zwischen den beiden, in dem jeder behauptete, dass das Kind des anderen den besten Deal bekam."

„Ein Deal? Ich bin ein Deal? Wie ein Aktienhandel?"

„Für diese beiden ist alles ein Geschäft. Das weißt du."

„Warum hast du mir nichts davon erzählt?"

177

„Was gab es zu erzählen?"

Sie war wütend, schrecklich wütend. Auf ihn, auf Eric, auf den Richter, weil er ihren glücklichen Tag ruiniert hatte. Auf jeden namens Carnarvon oder Van Hoffendam. „Es fühlt sich an, als hättest du mich in eine Falle gelockt, indem du mich heute hierhergebracht hast."

„Das war wirklich nicht meine Absicht."

„Aber du hast gewusst, dass irgendetwas im Busch ist." Sie spürte, wie sich ihre Schultern anspannten. Ihr Kopf schmerzte. „Ich bin keine Figur in deinem Drehbuch, bei dem du Gott spielen kannst und Leute in schrecklichen Situationen manipulieren kannst, um zu sehen, wie sie darauf reagieren. Das ist das wahre Leben. Mein Leben. Du hattest kein Recht, dich einzumischen."

Er griff plötzlich nach ihren Schultern. „Wenn Eric Van Hoffendam ein schlechter Mensch ist, dann solltest du es wissen, bevor du ihn heiratest. Ich will nicht, dass du einen Fehler begehst."

Sie war so wütend, dass sie ihn schlagen wollte. Sie kam ihm so nahe, dass sich ihre Nasen beinahe berührten. „Oh, ja? Und wie wirst du mich davon abhalten?"

Er starrte sie an, seine Augen wild vor Sehnsucht, und dann nahm er sie in die Arme, fest. Er küsste sie, nicht mit Finesse und Feuerwerk, wie er es am vorherigen Tag getan hatte, sondern mit einer Mischung aus purer Leidenschaft und Zorn und Verzweiflung. Sie spürte, wie sie auf diese dunklen Gefühle reagierte und dann, als ihr bewusstwurde, was sie tat, riss sie sich aus seinen Armen.

„Hör auf", schrie sie. „Hör auf damit."

Dann stieg sie wieder ins Auto ein. Kurz darauf setzte er sich auf den Fahrersitz und sie fädelten sich wieder in den Verkehr ein. Sie sprachen die gesamte Fahrt nach Hause kein Wort.

Als sie auf seinem Parkplatz ankamen, war es wie eine Wiederholung der letzten Nacht. Er sagte: „Ashley, warte."

Sie sagte: „Fahr zur Hölle."

~

ALS SIE IN das Cottage stürmte, betrat sie eine Atmosphäre, die gemütlich, häuslich und fröhlich war. Sie blieb plötzlich stehen, als sie ihre Mutter sah, die glücklicher aussah, als Ashley sie seit sehr langer Zeit gesehen hatte. An ihrer Seite war ein Mann in ungefähr demselben Alter ihrer Mutter, der zur Abwechslung nicht wie ein völliger Verlierer aussah. Ein wunderschöner Blumenstrauß stand auf dem kleinen Couchtisch und Eric und Tasmine saßen nebeneinander auf dem Boden dahinter, beide über Tasmines Laptop gebeugt.

Sie war so erstaunt, dass sie einfach dastand und starrte.

„Ashley", sagte ihre Mutter und kam kichernd und glücklich auf sie zu. „Ich möchte dich Chuck vorstellen. Er wird mein Gast bei der Hochzeit sein, wenn es dir recht ist."

Chuck schien ein netter Kerl zu sein. Er stand auf und schüttelte ihre Hand. „Ich gratuliere zu Ihrer Hochzeit. Ihre Mutter und ich haben, ähm, viel Zeit miteinander verbracht. Ich dachte, wir sollten uns kennenlernen."

„Großartig. Klar." Sie schüttelte seine Hand. Alle sahen sie an, aber sie war nicht sicher, was sie sonst noch von ihr erwarteten. „Sind Ihre Absichten ehrenhaft, Chuck?"

Alle brachen in Gelächter aus, als wäre sie eine Komikerin. „Das sind sie in der Tat. Ich bin Zahnarzt. Ich bin geschieden, keine Kinder. Ich, ähm, halte Ihre Mutter für eine wunderbare Person."

Okay, sie musste ihren Kopf aus ihrem Hintern holen und sich für ihre Mutter freuen. Es war schön, dass eine von ihnen einen Aufschwung erlebte. Sie zwang sich zu einem Lächeln. „Ich auch."

Melody zeigte auf das Bouquet. „Das ist ein Muster von den

Blumen, die wir für die Tische ausgesucht haben. Sind sie nicht wunderschön?"

„Umwerfend."

Dann wandte sie sich an Tasmine und Eric. „Und ihr beide ...?"

„Ich muss Geschenke für die Trauzeugen finden. Tasmine hilft mir, welche auszuwählen."

„Kleine Nachbildungen von Statuen wären vielleicht nett", sagte sie durch zusammengebissene Zähne. „Oder etwas aus der Kunstwelt. Was meinst du, Eric?"

Er schaute zu ihr auf und sah aus, als wäre er erwischt worden, aber Tasmine bemerkte die Anspannung entweder nicht oder tat so, als würde sie sie nicht bemerken. „Wir haben eher an Manschettenknöpfe gedacht. Traditionell, aber mit einem modernen Dreh."

Ashley blieb einfach stehen und ließ ihre Augen auf Eric ruhen, bis er seinen Kopf hängen ließ und auf den Boden starrte. „Vielleicht sollten wir später weitermachen", sagte er zu Tasmine.

„Ja, natürlich." Sie stand auf und umarmte Ashley kurz. Sie flüsterte: „Die letzten paar Wochen vor der Hochzeit sind immer die härtesten." Und damit verschwand sie.

„Warum gehen wir nicht zum Strand", sagte Eric, nachdem Tasmine gegangen war.

Sie gingen zum Strand. Er scherzte nicht und versuchte nicht, ihre Hand zu nehmen. Er fragte sie nicht einmal, wo sie gewesen war. Er ging mit hängendem Kopf den Pfad entlang, und als sie am Strand ankamen, wandte er sich ihr zu. Sie sagte nichts, schaute ihn nur an.

Er schien zu versuchen, ihren Gesichtsausdruck zu lesen, wahrscheinlich um herauszufinden, wieviel sie wusste. Er sagte: „Was sollte das? Im Cottage?"

„Was glaubst du?"

Er atmete laut aus. „Du weißt Bescheid, nicht wahr? Du hättest es nie herausfinden sollen."

„Ich weiß, dass du ein unbezahlbares Kunstwerk verschandelt hast, wenn du davon sprichst. Und dich dann mit einem ‚netten Mädchen aus einer guten Familie' verlobt hast, um deinen Hintern vor dem Gefängnis zu retten."

Er sah so verängstigt aus, dass sie einen Moment lang glaubte, er würde zu weinen anfangen. „Ich kann nicht glauben, dass ich das getan habe. Ich meine, ich kann wirklich nicht glauben, dass ich das war. Ich war so betrunken ..."

„Ich sollte dir diesen Verlobungsring ins Gesicht werfen", zischte sie.

Alles Leben schien aus ihm zu weichen. Seine blauen Augen funkelten nicht teuflisch, sie schienen älter und ein bisschen traurig. „Ja", gab er zu. „Das solltest du."

„Du weißt, was passieren wird, wenn ich das tue?"

Er nickte. Schluckte. „Ich werde ins Gefängnis müssen."

Sie drehte sich um und ging zurück zum Cottage. „Machst du Schluss mit mir?", rief er ihr nach.

„Ich ziehe es in Erwägung", schrie sie zurück.

Das war schlimm genug. Noch schlimmer war Grace Van Hoffendams tränenreicher Besuch. „Ashley", sagte sie, „du bist seit zehn Jahren mit Eric zusammen. Du weißt, dass er ein guter Mensch ist. Er lässt sich aus der Bahn bringen, aber deshalb wird es so gut für ihn sein, mit dir verheiratet zu sein. Bitte schicke ihn nicht ins Gefängnis. Ich bitte dich."

Sie ging am Strand spazieren und versuchte sich Eric im Gefängnis vorzustellen. Sie konnte es nicht.

Sie hätte mit ihrer Mutter darüber gesprochen, aber Melody war glücklich mit Chuck unterwegs und hatte schon Pläne, Ashleys Zimmer als Fernsehzimmer zu verwenden.

Montagmorgen ging sie nicht schwimmen. Sie wollte Ben nicht durch das Fenster sehen. Sie wollte nicht mit dem Mann Kaffee trinken, der sie mit einem Einblick ins Glück gelockt und es ihr dann wieder entrissen hatte.

Am Dienstag dachte sie zur Hölle, sie würde seinetwegen ihr

tägliches Schwimmtraining nicht aufgeben. Sie zog ihren grünen Bikini an und stapfte zum Poolhaus hinauf, entschlossen, Ben zu sagen, dass sie nicht mehr mit ihm Kaffee trinken würde und das sie keine Fahrstunden mehr nötig hätte. Aber nichts davon war notwendig.

Als sie beim Poolhaus ankam, war Bens Auto verschwunden. Sie spähte durch die Fenster hinein, aber weder er noch sein Laptop waren dort. Arbeitete er vielleicht in einem Kaffeehaus? Sie hatte ihn nicht sehen und nicht mit ihm sprechen wollen, aber jetzt, da er nicht hier war, wollte sie beides. Sie hatte einiges zu sagen.

Sie holte den versteckten Schlüssel unter dem dritten Blumentopf hervor und sperrte die Tür auf, nachdem sie angeklopft hatte. Es dauerte keine zwei Minuten, bevor sie feststellte, dass niemand hier war.

Ben war ausgezogen, ohne sich von ihr zu verabschieden.

KAPITEL 18

*I*n der Ferne konnte Ashley die glockenähnlichen Melodien des Orchesters hören, das ihre Tante und ihr Onkel engagiert hatten, um die Art von Musik zu spielen, die für betuchte Gäste passend war, während diese sich setzten und auf die Hochzeitszeremonie warteten. Ihre Mutter war ins Haupthaus vorausgegangen, und sie musste sich wirklich beeilen auch dorthin zu gehen, da Onkel Duncan auf sie warten würde, um sie zum Altar zu führen und Eric zu übergeben.

Sie hatte ihre Brautjungfern auch vorausgeschickt. Sie brauchte eine Minute. Eine Minute nur für sich allein. Sie sah sich in dem Schlafzimmer um, das für den Großteil ihres Lebens ihres gewesen war, und in das sie nach dem heutigen Tag nicht zurückkehren würde. Als sie jünger war, hatte sie ihren Spiegel mit verschiedenen Stickern geschmückt.

Im oberen Eck klebte eine Fotoreihe aus einer Fotokabine. Sie und Eric waren ungefähr siebzehn gewesen. Sie nahm die Bilder herunter und betrachtete die schwarzweißen Fotos. Es waren typische Eric-Posen, ein Rapper auf einem, eine lächerliche Grimasse auf einem anderen und auf dem letzten mit seinem ernsthaftesten und charmantesten Gesichtsausdruck in die Kamera lächelnd, während seine Hand ihre Brust grapschte. Er war immer noch ein Scherzbold, immer noch dieser siebzehnjährige Junge, der sich wohler dabei fühlte, jemandem einen Streich zu spielen als sich wie ein Mann zu benehmen. Versteckt im anderen Eck des Spiegels, versteckt unter einem Surfer-Aufkleber, war ein weiteres Foto. Es war das einzige Foto, dass sie in dem Sommer hatte ergattern können, als Ben ein paar Wochen zu Besuch war. Er war gebräunt und lächelte breit, sein Arm war um ihr fünfzehnjähriges Selbst gelegt.

Sie trat einen Schritt zurück und sah sich selbst in ihrem Brautkleid, dem Kleid, das für eine andere Braut entworfen worden war, verflucht, bevor es jemals getragen worden war, und das jetzt an ihr hing wie eine schiefgelaufene Dauerwelle.

Sie ging durch das Zimmer und hob das Schiebefenster, hielt ihr Gesicht in die Sonne und atmete den Duft des Meeres ein. Als sie ein Teenager war, war sie aus diesem Fenster hinaus und hineingeklettert, entweder um Partys zu besuchen, die zu besuchen ihr nicht erlaubt gewesen war, oder um sich zu Erics Haus zu schleichen. Sie setzte sich auf das Fensterbrett, hob ihre Beine und schwang sie auf die andere Seite. Das Kleid folgte ihr und bauschte sich um sie zusammen, so dass sie sich wie ein Fisch fühlte, der in einem großen Netz gefangen war.

Über die Klänge von Mendelssohn hörte sie das Summen eines Automotors. Es war ein angenehmes Geräusch, das Geräusch von jemandem, der viel herumkommt. Sie lauschte und das Geräusch kam näher. Sie drehte ihren Kopf zur Seite.

Der Ferrari war frisch gewaschen, bemerkte sie, und glänzte in der Sonne. Er hatte das Dach heruntergefahren, genau, wie es ihr gefiel. Er trug eine dunkle Brille wie ein Spion oder ein Superheld. Das Auto kam näher und hielt genau vor ihrem Fenster. Ben sagte: „Hast du vor zu springen?"

Es lagen ungefähr dreißig Zentimeter zwischen ihren Satinschuhen und dem sauber geschnittenen Gras, aber sie schüttelte trotzdem den Kopf. „Was machst du hier?" Es war schwer, zwanglos zu klingen, wenn ihr Herz so raste, dass sie Angst hatte ohnmächtig zu werden.

„Ich bin gekommen, um mit dir über deine Fahrkünste zu sprechen."

Sie hob eine Augenbraue. „Du bietest mir eine Fahrstunde an? Jetzt?"

Er nahm seine Sonnenbrille ab, und sie konnte seine Augen sehen, blau, voller Feuer und Amüsement und einer großen Prise Zärtlichkeit. „Nein. Ich glaube nicht, dass du mehr Fahrstunden brauchst. Ich denke, dass du bereit bist, das Lenkrad deines Lebens zu übernehmen, denkst du nicht?"

Bevor sie antworten konnte, wurde ihr Name gerufen. „Ashley? Bist du hier?" Es war die beste Brautjungfer der Welt, Tasmine, engagiert, damit alles glattlaufen würde, inklusive der rechtzeitigen Ankunft der Braut vor dem Altar.

„Lass den Motor laufen", sagte sie zu Ben. Dann drehte sie sich um, schleppte das Kleid wieder hinein und rief: „Tasmine? Ich bin hier?"

Als die quietschvergnügte Brautjungfer das Zimmer betrat und sagte: „Es ist Zeit", drehte sie ihr den Rücken zu.

„Hilf mir aus diesem Kleid."

Einen Moment lang starrte Tasmine sie geschockt an. Dann ging sie zum Fenster und sah hinaus. Als sie sich wieder umdrehte, schauten sie sich für Sekunden an, die sich wie Stunden anfühlten, dann nickte sie, kurz, und half Ashley genauso effizient aus dem Kleid, wie sie ihr hineingeholfen hatte.

Ashley zog eine Jeans und das erste T-Shirt an, das sie finden konnte, schlüpfte schnell in Socken und Laufschuhe, schnappte sich ihre Handtasche und umarmte Tasmine.

„Was soll ich mit dem Kleid machen?", fragte Tasmine mit dem sich bauschenden weißen Stoff in den Armen.

Ashley war bereits halbwegs aus dem Fenster, als sie sich umdrehte und lachte. „Warum trägst du es nicht? Ist es nicht an der Zeit, von der Brautjungfer zur Braut aufzusteigen?"

Dann nahm sie Graces abgelegten Verlobungsring und warf ihn in das Zimmer, wo Tasmine ihn aufhob „Viel Glück."

Ihre Blicke begegneten einander. „Dir auch."

Ben war auf den Beifahrersitz gerutscht, während sie sich umgezogen hatte und hatte den Fahrersitz frei und die Tür offen gelassen. Sie sprang hinein und schloss die Tür. Bevor sie aufs Gaspedal trat, sagte sie: „Bist du dir sicher?"

„Wenn das Schicksal eine Happy End anbietet, greift nur ein Idiot nicht zu."

„Bin ich dein Happy End?"

Er lehnte sich vor und zog sie an sich. „Du bist mein Anfang und meine Mitte und mein Happy End. Du bist die Liebe meines Lebens", sagte er und küsste sie. Als er sich wieder zurücklehnte, sagte er: „Und jetzt schlage ich vor, dass du das Pedal durchtrittst."

Und das tat sie.

~

VORSCHAU AUF BRAUTJUNGFER ZU MIETEN:

Tasmine Ford hielt sich nicht für eine abergläubische Frau, aber als sie in Ashley Carnarvons Schlafzimmer stand und das hastig abgelegte Brautkleid der durchgebrannten Braut in den Armen hielt, wurde ihr bewusst, dass sie zum dreizehnten Mal Brautjungfer war. Und diese Hochzeit hatte sich nicht als glücklich herausgestellt.

Dies war eindeutig das erste Mal, dass sie mit einem Brautkleid zurückgelassen wurde, während die Braut aus dem Fenster flüchtete. Durch das immer noch offene Fenster konnte sie das leiser werdende Geräusch eines Motors hören, als sich das Auto entfernte. Sie konnte außerdem die kräftigen Klänge des Streichquartetts hören, das auf dem Grundstück des Carnarvon-Anwesens spielte, wo hundert Gäste, zwei weitere Brautjungfern, dazu passende Trauzeugen und, du lieber Himmel, ein Bräutigam auf eine Braut warteten, die nicht erscheinen würde. Tasmine wurde sich eines wilden Drangs bewusst, das Designerkleid auf das Bett zu werfen und selbst aus dem Fenster zu fliehen.

Eine leichte Brise blies vom Meer herein, an dessen Küste in Malibu das Carnarvon Anwesen lag, und ließ das Kleid in ihren Armen erzittern wie einen verlassenen Liebhaber. Und es war so ein schönes Kleid. Die Seide war exquisit, die Spitze handgenäht und mindestens einhundert echte Perlen schmückten das Korsett. Tasmine hatte in ihrem Leben viele Brautkleider gesehen, aber keines war so atemberaubend wie dieses gewesen. Das Kleid duftete sogar nach der perfekten Hochzeit. Ein ganz zarter blumiger Duft mit einem Hauch von Zimt.

Tasmine atmete tief ein, so dass sich ihre Rippen gegen das Oberteil ihres Brautjungfernkleids pressten. Sie hätte dieses Kleid nicht selbst ausgewählt; es war schwarz mit einem enganliegenden Oberteil und einem weißen Chiffonrock, dazu trug sie schwarze Stöckelschuhe. Sie hatte sichergestellt, dass jedes Kleid gut saß, dass die beiden anderen Brautjungfern die richtigen Schuhe, Strumpfhosen und Unterwäsche trugen und sie hatte die Kleider persönlich geliefert und die anderen Brautjungfern dazu gezwungen, sie in ihrem Beisein anzuprobieren, damit jegliche Fehler berichtigt werden könnten. Es war alles so glatt gelaufen, dass sie misstrauisch hätte sein sollen. Diese Phase einer Hochzeit lief nie derart reibungslos ab. Es gab immer Schwierigkeiten, aber bei dieser hatte es keine gegeben.

Tasmine hatte ihr Unternehmen, Brautjungfern zu Mieten, aus einer Laune heraus gegründet, nachdem sie wieder einmal eine ganze Hochzeit organisiert hatte, bei der sie nur hätte Brautjungfer sein sollen. Sie erkannte, dass die meisten Brautjungfern zu beschäftigt waren, oder zu unzuverlässig, um der Braut wirklich hilfreich zu sein. Obwohl sie auch vollzeitig berufstätig war, war sie gut genug organisiert, um viele der Pflichten zu erfüllen, ohne sich auch nur anstrengen zu müssen.

Eine Freundin dieser Braut hatte sie nach der Hochzeit angesprochen und ihr angeboten, obwohl sie nicht befreundet waren, Tasmine als Brautjungfer einzustellen. „Ich dachte tausend Dollar sollten angemessen sein. Was hältst du davon?"

Tasmine war der Meinung, dass es eine großartige Idee war, tausend Dollar für etwas zu verdienen, was sie gerne tat. Die Neuigkeit sprach sich überraschend schnell herum, und bald war sie eine gefragte Brautjungfer. Sie nahm sich die Zeit, einen Geschäftsplan zu schreiben, und entwarf verschiedene Service-Pakete: angefangen von der einfachen Anwesenheit als Brautjungfer am Hochzeitstag bis hin zur kompletten Organisation einer Hochzeit. Sie genoss es, Hochzeiten zu organisieren und zu besuchen, und ihr kleines nebenbei laufendes Unternehmen brachte ihr mit der Zeit ein nettes Zusatzeinkommen ein. Sie machte nie Werbung – sie hatte es nicht nötig. Ihr Name wurde auf mysteriöse Art und Weise von Braut zu Braut weitergegeben. Viele von ihnen waren im Laufe ihrer Zusammenarbeit zu Freundinnen geworden.

Mit Ashley war alles so gut gelaufen. Zu gut, wie ihr nun klar war. Als wäre sie nicht wirklich an der Zeremonie interessiert, was die jüngsten Ereignisse eindeutig bewiesen. Eric sah in seinem Frack und seiner schwarzen Fliege umwerfend aus und hielt sich aus allem heraus. Die beiden Mütter hatten sich gut verstanden und ähnlichen Geschmack gezeigt.

Die Hochzeit fand auf dem Anwesen der Carnarvons statt, und Millicent und Duncan Carnarvon waren erfahrene Gastgeber, die ganz genau wussten, wo die Zelte aufgestellt werden sollten und wo der beste Platz für das Streichquartett war. Sie hatten eine Firma beauftragt, die alle Veranstaltungen für sie organisierte, und alles war zeitgerecht und genau wie bestellt eingetroffen.

Sogar das verdammte Wetter war makellos. Ein perfekter Tag in Kalifornien ohne eine einzige Wolke am Himmel.

Sie hätte wissen müssen, dass derart viele gute Dinge auf einmal ein schlechtes Omen waren.

So sehr sie ihr elegantes Kleid von sich reißen und nach Ashleys Flucht selbst aus dem Fenster springen wollte, tat sie es dennoch nicht. Tasmine war nicht der Typ Frau, der vor etwas davonlief. Grace Van Hoffendam, die Mutter des Bräutigams, hatte sie teils als Hochzeitsplanerin und teils als Brautjungfer engagiert. Tasmine hatte die Aufgabe der professionellen Brautjungfer angenommen, weil sie ein Organisationstalent hatte und weil sie nie – ganz egal, was passierte – in Panik verfiel. Sie war allerdings auch noch nie in einer derartigen Situation gewesen, und sie konnte Panik in ihrem Brustkorb wie einen gefangenen Vogel aufflattern spüren. Sie versuchte, ihre zerstreuten Sinne wieder zu sammeln.

Zuerst würde sie damit aufhören müssen, sich an das Kleid zu klammern, als wäre es ein Rettungsreifen aus Spitze und Seide. Sie entdeckte einen Kleiderhaken, der mit weißem Satin überzogen war, und hing das Kleid vorsichtig darauf. Sie hatte nicht genug Zeit, um die meterlange weiße Seide in den eleganten Kleidersack zu stecken, auf dem das oh-so-begehrte Logo, einfach der Name der Designerin, Evangeline, in Schreibschrift gedruckt war. Sie hing das Kleid mit größter Sorgfalt auf die offene Tür des Schranks. Was sie wirklich tun musste, und zwar so schnell wie möglich, war Grace Van Hoffendam oder irgendjemand über die momentane Katastrophe zu informieren. Niemand würde besser wissen, wie man aus solch einer Krise mit der geringst möglichen Blamage herauskommen sollte. Nicht, dass es nicht eine Riesendosis Blamage geben würde, besonders für den armen, sitzengelassenen Bräutigam, der dort in seinem besten Sonntagsanzug nervös herumstand.

Sie ging eilig zur Tür des Cottage, in dem Ashley mit ihrer Mutter auf dem Carnarvon-Anwesen wohnte. Sie wollte sichergehen, dass Eric die schlechten Nachrichten so schnell wie möglich erhielt, damit er sich heimlich davonschleichen konnte, bevor den zweihundert der politisch, wirtschaftlich und gesellschaftlich äußerst wichtigen Gästen bewusstwurde, dass er völlig blamiert worden war.

Sie zwang sich, ihre Gedanken zu ordnen, setzte ein ruhiges Lächeln auf, atmete tief ein und öffnete die Tür. Sie quietsche vor Schreck, als sie beinahe in Eric Van Hoffendam knallte, der das Cottage in dem Moment betreten wollte, als sie herauskam.

Sie verfiel sofort in die traditionelle Rolle der Brautjungfer. „Eric! Was machst du hier? Weißt du nicht, dass es Unglück bringt, das Brautkleid vor der Trauung zu sehen?"

Sie starrte ihn an und ihr Herz fing an zu rasen, so wie immer, wenn er in ihrer Nähe war. Sie konnte sich einfach nicht helfen, er sah schlicht umwerfend gut aus. Obwohl er meistens nicht der bestgekleidete Kerl im Raum war. Aber in dem Frack mit frisch geschnittenem Haar und kurz rasiertem weichen Bart war der Mann einfach atemberaubend. Seine blauen Augen hatten die Farbe des Sommerhimmels, sein Körper war gerade aufgerichtet, seine Schultern durchgestreckt für den wichtigsten aller Tage; den Tag, an dem er sein Leben als verheirateter Mann beginnen würde.

Nur, dass er das nicht würde.

Und sie war die Einzige, die es wusste. Wie sehr sie sich wünschte, bei den anderen Brautjungfern geblieben zu sein, anstatt zurückzulaufen, um zu sehen, ob es der Braut gutging. Als Ashley behauptet hatte, ein paar Minuten für sich haben zu wollen, als sie ihre drei Brautjungfern aufgefordert hatte, voraus zu gehen und ihnen versichert hatte, dass sie ihnen gleich folgen würde, war in Tasmine ein kleines Warnsignal ertönt. Das war alles gewesen, wie ein Flüstern, das so weit entfernt war, dass sie es kaum hören konnte. Aber, da sie bereits ein Dutzend Hochzeiten erlebt hatte, hatte sie einen guten Instinkt für Schwierigkeiten entwickelt. Nicht, dass sie viel mehr erwartet hatte, als dass Ashley sich von ihrem Lieblings-Teddybären verabschieden wollte oder ein paar Tränen angesichts der Tatsache, dass sie ihr Zuhause verlassen musste, vergießen würde.

Nicht in ihren wildesten Träumen hätte sie sich vorstellen können, dass irgendeine Frau, und schon gar nicht Ashley, von der Möglichkeit, mit Eric zusammen zu sein, davonläuft.

Der Bräutigam warf ihr ein blitzschnelles Grinsen zu, die Art von Grinsen, die ihm dazu verhalf, mit Mord und Totschlag davonzukommen. „Es muss niemand davon erfahren, dass ich hier war. Ich möchte mich nur versichern, dass es Ashley gut geht."

Na gut, sie war also nicht die Einzige, die ein Gespür für Schwierigkeiten hatte. Sie sah zu ihm auf und konnte die richtigen Worte nicht finden. Sie blieb stehen, stumm.

Vielleicht konnte er in ihrem Gesichtsausdruck etwas erkennen, denn seine sonnigen blauen Augen wurden von Wolken getrübt und er schob sie sanft, aber bestimmt aus dem Weg und ging in Ashleys Schlafzimmer.

Sie wusste nicht, was sie tun sollte, also folgte sie ihm.

Als sie zur Tür kam, blieb sie stehen. Er stand mitten in Ashleys Zimmer und drehte sich im Kreis. Er hatte offensichtlich bemerkt, dass seine Braut nicht hier war. Außerdem, dass das Fenster weit offen war, ein Paar weißer Satinpumps wie hingeworfene Würfel auf dem Holzboden lagen und eine der Schubladen ihrer Kommode geöffnet war, aus der sie hastig die Kleider genommen hatte, in denen sie davongelaufen war. Schließlich landete sein Blick auf dem Brautkleid, das auf der Hinterseite der geöffneten Schranktür hing, wunderschön, aber ohne Braut.

Brautjungfer zu Mieten https://amzn.to/2I2lueq

ÜBER DEN AUTOR

Über die Autorin:

Nancy Warren ist die USA-Today-Bestsellerautorin von mehr als 70 Büchern. Sie stammt aus Vancouver, Canada, zieht aber gern umher und hat unter anderem in England, Italien und Kalifornien gelebt. Einige ihrer Lieblingsmomente erlebte sie, als sie die Antwort in einem Kreuzworträtsel in der *Canada's National Post* Zeitung war, auf der Titelseite der *New York Times* erschienen ist, als ihr Buch *Speed Dating* die Harlequin's NASCAR Serie eingeleitet hat und drei Mal für den RITA-Preis der Romance Writers of America nominiert war. Sie wandert mit Begeisterung, isst liebend gern Schokolade und mehr als alles andere hört sie gern von ihren Lesern und Leserinnen! Der beste Weg, um in Verbindung zu bleiben, ist, sich für Nancys Newsletter unter www.nancywarren.net anzumelden.

Aus dem Englischen übersetzt von Antonia Armstrong: antoniaemail@gmail.com